集英社オレンジ文庫

鍵屋の隣の和菓子屋さん

つつじ和菓子本舗のもろもろ

梨　沙

JN167596

本書は書き下ろしです。

目次

【登場人物紹介】

蘇芳祐雨子《すおうゆうこ》

『つつじ和菓子本舗』の看板娘。幼なじみの嘉文を密かに想っていた。多喜次からのプロポーズの返事を保留中。

淀川多喜次《よどがわたきじ》

『つつじ和菓子本舗』の二階に住み込み、和菓子職人の修業中。兄・嘉文の幼なじみである祐雨子に片想いをしている。

柴倉豆助《しばくらまめすけ》

多喜次より少し遅れてバイトに入ったイケメン。実は和菓子屋の息子で、職人としての技術は確か。祐雨子が気になっている。

淀川嘉文《よどがわよしふみ》

『つつじ和菓子本舗』の隣で鍵屋を営む青年。祐雨子の幼なじみでこずえの婚約者。

遠野《とおの》**こずえ**

かつて家出した際、嘉文に拾われ、彼の助手となった。高校卒業後は彼と婚約し、一緒に暮らしている。

雪《ゆき》

鍵屋の看板猫。真っ白でふわふわ。金庫に閉じ込められていたのをこずえが助けた。

イラスト／ねぎしきょうこ

序章 好敵手

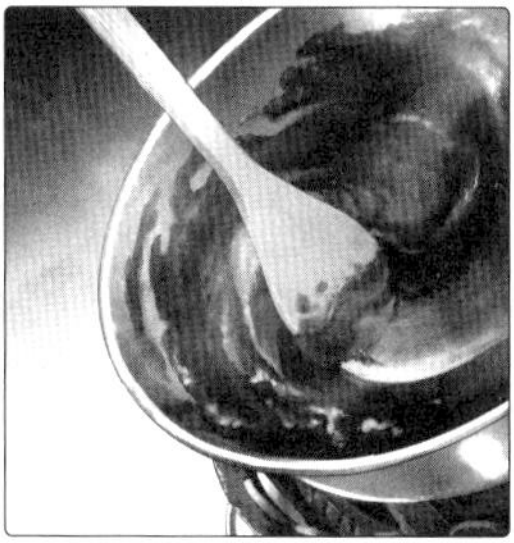

目覚まし代わりのアラームが鳴る。

淀川多喜次《よどがわたきじ》は布団の中でもぞもぞと寝返りを打った。うつ伏せになって辺りをさぐるものの携帯電話が見つからない。そうこうするうちにアラーム音はどんどん大きくなり、多喜次は布団から這《は》い出て首をかしげた。

「……れ……?」

昨夜は隣に敷かれていた布団が、今はきれいにたたまれ押し入れにしまわれていたのだ。同居人であり和菓子職人でもある柴倉豆助《しばくらまめすけ》がいなかった。

ぼんやりと室内を見回していた多喜次は、けたたましく繰り返されるアラーム音にわれに返り、ようやく枕の下に携帯電話を見つける。

アラームを切った彼は、布団の上であぐらをかいた。

昨日はお隣の鍵屋で食事と入浴をすませ、柴倉は先に二階へ、多喜次は和菓子屋の一階で上生菓子〝練り切り〟の練習をおこなっていた。練り切りは、白あんと求肥《ぎゅうひ》を混ぜて作られた生地に色をつけ、花や果実、景色などを表現する雅《みやび》な和菓子だ。

見習いである多喜次は粘土《ねんど》で代用し、日々、練り切り作りの腕を磨いている。

練り切りの練習を終え、調理師専門学校で出されたプリントを埋め、就寝したのは夜の十二時。和菓子屋の朝は早く、多喜次が師匠とあがめている和菓子職人、蘇芳祐《すおうたすく》は早朝四時には店に来て餡《あん》を作りはじめる。だから多喜次も五時には手伝えるよう、毎日目覚ましをセットしていた。

「……昨日、柴倉寝てたよな？」

眠い目をこすりながらも多喜次は布団をしまい、パジャマ代わりのＴシャツを脱ぐと白のワイシャツと黒いパンツに替える。

「祐さん、餡を見てもらっていいですか？」

階段を下りる途中で聞こえてきたのは柴倉の声だった。

「幻聴……？」

開店直前にようやく下りてくる男が、こんなに早くから調理場にいるはずがない。そう思った。だいたい、餡は和菓子の肝《きも》だ。一番大切な、和菓子の味を決める核ともいえるものだ。いつもなら祐が作っているものを、柴倉が作っているはずがない。

「ん……まだだな。もう少し火を入れろ。時計は見るなよ。目で見て、手で覚えるんだ。餡の仕込みは季節によって変わってくる。その日の天気や温度も頭に入れておけ」

「はい」

真剣そのものの声。

多喜次は階段を下り、調理場を覗《のぞ》き込む。

白衣をまとい和帽子をかぶった柴倉が、木べらで大鍋《おおなべ》を丁寧にかき混ぜていた。

ふつふつと音をたてる餡と、それを真剣な眼差《まなざ》しで見つめる柴倉。そして、そんな柴倉の様子にどこか満足げな祐――。

多喜次はまだ、食器しか洗わせてもらえない。小豆《あずき》の選別しかさせてもらえない。荷物を運び、接客をし、電話を取って合間に掃除をすることしかできない。

もちろん、どれも大切な作業だ。それに、修業には十年を要するともいわれ、幼少の頃から和菓子に接してきた柴倉と多喜次では差があって当たり前だ。

頭ではわかっている。

けれど、どうしようもなく焦ってしまう。

多喜次は大きく息を吸い込み、息を止めると壁に額《ひたい》を打ちつけた。

鈍い音に柴倉と祐がぎょっとしたように顔を上げた。

「すみません、寝ぼけました」

「おでこ！　おでこ赤いぞ⁉」

柴倉の絶叫に、多喜次は「大丈夫」と返して小さく小さく息をついた。

第一章　スイーツ戦争

1

豊穣《ほうじょう》の秋は和菓子の季節。

ほっくりと甘い栗《くり》きんとんは多くの和菓子屋がこぞって作る定番の一品だ。栗たっぷりの羊羹《ようかん》は頬《ほお》が落ちそうなほど上品に甘く、栗だけで作られた栗金つばはこの時期ならではの贅沢《ぜいたく》な味覚。もちろん、干し柿で作られた餡《あん》をたっぷり使ったまんじゅうはその妙味《みょうみ》でお客様をうならせる。鮮やかなもみじやイチョウの練り切りは人々の目を楽しませ、やわらかな餅にこしあんとともに大粒の銀杏《ぎんなん》を包んだ銀杏餅は絶妙な塩加減と独特の苦みが病みつきになるとファンも多い。芋《いも》まんじゅうも毎日売り切れるほど大好評だ。

「九月ってまだ暑いけど、暦《こよみ》の上では秋なのよね。おいしいものが多くて困っちゃうわ」

白髪をふんわりとまとめた老婦人が顔をほころばせている。ここ『つつじ和菓子本舗《わがしほんぽ》』にも、閑散《かんさん》としていた夏が嘘《うそ》のように入れ替わり立ち替わり人が来る。

「もう少ししたら干し芋も店頭に並びますよ」

看板娘である蘇芳祐雨子《すおうゆうこ》が声をかけると嬉《うれ》しそうな笑顔が返ってきた。小豆《あずき》を仕入れている農家が、今年は人手があるからと試食用に干し芋を作ってくれたのだ。店頭に置いたら一袋一〇〇グラムと少なめではあるが、「食べきれる量がいい」「食べすぎないから手軽」と好評で、販売二カ月前にもかかわらず予約が入るほど人気になっている。

「一つひとつが大きくて、ねっとり甘くてとってもおいしいんです」

「あらまあ、そうなの？　楽しみだわ。いつ頃入るのかしら」

うっとり語る祐雨子に触発されたのか、お客様の声も楽しげだ。お客様は栗きんとんをはじめとする秋ならではの和菓子を買い店をあとにした。

店では小振袖《こふりそで》に袴《はかま》、白いエプロンに編み上げブーツが祐雨子の定番スタイルだが、季節に合わせて生地を変えている。朝の肌寒さに警戒し、冬用の厚い生地の小振袖にしてしまったのは失敗だった。午後四時を回ると陽気のためか蒸し暑くなってきた。

「祐雨子さん、お茶どうぞ」

麦茶片手に声をかけてきたのは和菓子職人、柴倉《しばくら》である。先日十九歳になったばかりの彼は、長身でふんわり柔らかな茶髪、チェーンネックレス愛用と今どきの若者だった。

祐雨子が麦茶を受け取ると、柴倉がコホンと咳《せき》払いした。

「ところで祐雨子さん、ねっとりの部分をもう一度お願いします。できれば情感を込めて」

なぜその部分？　と首をかしげながらも祐雨子が口を開く。すると、調理場ののれんをはねのけて多喜次《たきじ》が店内に飛び込んできた。

「おい柴倉！　それセクハラだぞ！」

　調理師専門学校から帰ったばかりの多喜次は、九月とあって半袖にジーンズという夏仕様だ。急いで帰ってきたのか額《ひたい》に汗が浮いている。

「タキは聞きたくないのかよ、耳元でねっとりささやく祐雨子さんの声」

「き……」

　身を乗り出した多喜次は、祐雨子の視線に気づいて「そんなわけないだろ」と言い直す。聞きたい、聞きたくないと言い争う多喜次と柴倉を見て祐雨子は小首をかしげた。祐雨子より少し背が高い程度だった多喜次が、いつの間にか柴倉と並んでも違和感がないくらい長身になっていたのだ。肩幅は適度に広く、毎日力仕事をしているためシャツから覗く腕もしなやかな筋肉でおおわれている。手も大きくなっている気がした。

　多喜次に名を呼ばれ、祐雨子ははっと顔を上げた。

「祐雨子さん、聞いてる？　どうかしたの？」

「え……いえ、男の子の成長を間近に見られるなんて贅沢だなあと思いまして」

　素直に答えると多喜次が渋面《じゅうめん》になった。

「……男の子って、それ、母親的な？」

「知ってるか、タキ。幼なじみって有利に見えて不利なんだぞ」

「うるせーよ！」

　柴倉の耳打ちに多喜次が憤慨《ふんがい》した。相変わらず仲のいい新人コンビは、祐雨子を挟んで睨《にら》み合い、ぐるぐる回りはじめる。

「それで、なにかお話があったんですか？」

　祐雨子が苦笑しながら尋ねると、多喜次はジーンズのポケットから筆ペンを取り出した。

「ちょっとこれで〝寿《ことぶき》〟って書いてもらっていい？」

　奇妙なお願いに首をかしげながらも祐雨子はペンを受け取りメモ用紙に〝寿〟を書く。多喜次は真剣な顔でメモ用紙を凝視し、次に柴倉に筆ペンを渡して〝寿〟を書くようにせがんだ。一定の速度で書かれた祐雨子の字はよく見かけるかっちりとした書体だが、緩急《かんきゅう》をつけた筆使いで書かれた柴倉の字は伸びやかで味のあるものだった。

　多喜次は二つの〝寿〟を見比べてうなった。

「どうかしたんですか？」

「え……うん。今日学校で、和菓子専攻の先輩とメシ食ってたときに授業の話になって、書道は必須って言われて」

「のし紙とか、誕生餅とか、書く機会が多いですからね」

　祐雨子はうなずく。〝寿〟などは焼き印を使う場合もあるが、一歳の誕生日を祝う誕生餅――一、生食べ物に困らないようにと願いを込めて作られるため〝一升餅《いっしょうもち》〟ともいわれる丸餅には名前を書くことも多く、冠婚葬祭《かんこんそうさい》にかかわることなので美しい字で書くのが望ましい。そういう意味では書道は必須である。

「多喜次くん、もしかして書道の経験は……」

「……こ、子どもの頃に習字教室に通ってたけど」

口ごもった多喜次は、柴倉から筆ペンを受け取るとメモ用紙に向き直り、慎重に筆を下ろす。だが、真横に引いた三本の線ですら頼りなく、止めも払いもはねですらぎこちない。そのうえ全体的にバランスが悪い。

「基礎からやったほうがいいんじゃないの？」

柴倉の容赦ない一言に、多喜次は目を剝《む》きものすごい形相で彼の肩を摑《つか》んだ。

「教えて！」

「え、やだよ。俺そういうの向いてないし」

柴倉に断られた多喜次は祐雨子を見た。

「祐雨子さん！」

「ごめんなさい。私、教えるほどうまくありません」

「お、おやっさんー!!」

多喜次が叫びながら調理場へと駆けていく。断られたのが短いやりとりで伝わってくる。祐《たすく》は多喜次にとって和菓子作りの師匠で、どっしりとした見栄えのする字を書く職人だが、自由な筆使いのもと生まれた個性的な字は習って書ける類《たぐい》のものではない。母である都子《みやこ》は書道が得意ではなく滅多に筆を握らないのでそもそも教える立場にない。

つまり、ここには先生になるべき人材がいないのだ。

戻ってきた多喜次が携帯電話で書道教室を探しはじめた。

「と、遠い……っ」

「子どもが少なくなって生徒さんも減って、やめちゃった教室も多いですからね。私が行っていた書道教室も小学校の頃に潰《つぶ》れたので、途中から別の書道教室に通っていました。送迎バスをわざわざ手配してくださるくらい遠方の教室でした」

「柴倉は？」

「俺は父親に教えてもらった」

「うーん、それはそれで頼みづらい相手だな」

「通信講座とかいいんじゃないのか？」

「俺そういうのだめ。途中で絶対挫折《ざせつ》する」

柴倉の提案を多喜次があっさり却下する。柴倉が多喜次の肩をポンと叩いた。

「あきらめろ」

「餅に〝寿〟書けないと試験合格しないんだよ！　単位取れなくなるんだよ！」

総合学科に通う多喜次が和菓子専攻に進むのはまだ先――とはいえ、職人として働くならこれから先、必要になってくる技術だ。彼が焦るのもわかる。周りができて彼だけができないというのもプレッシャーに違いない。

「遠方でもいいから通わないと……!!」

多喜次が青くなっていると引き戸が開いてお客様が入ってきた。

「相変わらずここはやかましいねえ」

夏の茶会以降、ときおり年配の女性を連れてきては華やかに和菓子を買っていく櫻庭《さくらば》神社の宮司《ぐうじ》・榊真吾《さかきしんご》である。今日も女性を二人引き連れていた。白髪を紫に染め、桔梗《ききょう》の花も見事な着物を着た女性に、モダンなワンピースとカンカン帽を合わせた女性。

「真吾さんったら、文句を言いながらも来ちゃうんだから」

「あなた方が来たいってせがんだからじゃありませんか。最近、和菓子がお好みなんでしょう?」

「洋菓子はだめなのよ。飽きちゃって」

「贅沢なこった」

榊が大げさに肩をすくめるとご婦人方が笑う。榊がショーケースを覗き込んで細い眉を心持ち上げた。

「旬は栗と柿です。実り豊かな秋を凝縮したような品揃《しなぞろ》えに興味が湧いたらしい。

今日はお茶をお召しになりますか？」

「ああ、そのつもり……なんだい、

祐雨子の問いにうなずいた榊は、その貧相《ひんそう》なのは？」上げた顔を思い切りしかめていた。視線の先を追うと、さっき皆で書いた〝寿〟の字があった。

「それはいただけないねえ。とくに手前のはどん詰まりだ」

多喜次の書いた字を指さして鋭く指摘した。

「本当。硬い字ねえ。ちっともめでたそうじゃないわ」

「筆ペンは慣れないと書きづらいのよね」

そして榊は、筆ペンと紙を要求するとお手本のように美しく整った字を書いてみせた。

「本当、お上手だこと。字の美しい男の人は理知的で素敵ね」

「真吾さんはなんでもできるのよ。それに、字がうまいのは当然でしょう。書道の先生なんだもの」

代わる代わる聞こえてくる言葉にすっかり萎縮《いしゅく》していた多喜次は、〝書道の先生〟というフレーズに顔を上げ、ショーケースから転げ落ちんばかりに身を乗り出した。

「さ、榊さんって、書道の先生なんですか⁉」

問われた榊はもちろんのこと、軽やかに言葉を交わすご婦人方も呆気《あっけ》にとられている。

「なんだい、大声で。……ただの道楽だよ」

「俺に書道を教えてください！」

気分を害したと言わんばかりに不機嫌顔になる榊に、多喜次は勢いのまま頼んでいた。

そのとき祐雨子は思い出していた。櫻庭神社の書道教室のことを。確か週二回、日曜日と水曜日に開かれる教室は定員が十二人という狭き門で、そのうえ宮司が趣味で開いているので無料で指導してもらえることからキャンセル待ちが出るほど人気だったはずだ。祐雨子が子どもの頃も存在していたレア中のレアな教室である。

案の定、紫色の髪のご婦人が首を横にふった。

「だめよ。真吾さんの教室はいつも生徒さんでいっぱいなの。あたくしも待っているのだけれど、ちっとも空きができないのよ」

「真吾さんに教えていただけるなら有料でも喜んでお願いするのに」

「そうね。マンツーマンで、一回一万円からお願いするわ」

「あら、でしたら私はその倍で」

「いやだわ、じゃあ三倍で」

「およしなさい、はしたない」

榊がぴしゃりと言い放つと、叱《しか》られたご婦人たちが頬を染めた。

「真吾さんに怒られちゃったわ、どうしましょう」

どうやら彼女たちの中で、榊に怒られることはものすごいステータスかなにかであるらしい。不思議なノリに啞然《あぜん》としていると、榊は咳払いしてから肩を落とす多喜次を見た。

「つい先日、やめた子が一人いる。だから、席が一つあいてるけど――どうする？」

「え……で、でも、俺、いいんですか？」

さらに一段とショーケースから身を乗り出した多喜次は、すぐにご婦人たちに視線を移して戸惑ったように口ごもった。以前だったら一も二もなく飛びついていただろうお誘いを、先約がいるからと我慢している。そんなところに彼の成長が垣間《かいま》見えた。

「子どもが遠慮するんじゃないよ」

多喜次の自制心をさらりと吹き飛ばし、榊がにやりと笑う。赤くなった多喜次を見て、祐雨子の口元がほころんだ。

「な、なんで笑うんだよ、祐雨子さん！」

「ごめんなさい。多喜次くんが頑張ってることはちゃんとわかってます！」

「それどういう意味⁉」

「子どもを見守る母親的な心境なんじゃないの？」

「柴倉には訊《き》いてねーよ！」

きいっと多喜次が柴倉を睨んだ。榊たちは呆《あき》れ顔だ。

「やる気があるなら書道セット一式持っておいで。水曜日の四時半からだ」

「水曜日って、明日……!?」

「いやなら来なくていいよ」

「い、いえ、うかがいます！　よろしくお願いします！」

多喜次は姿勢を正して頭を下げる。

和菓子とお茶券を購入した榊たちを見送ったあと、多喜次は首をひねった。

「書道セットってあったかな。中三の頃に書き初《ぞ》めしてから記憶にない……」

「ああいうのってわりと取っておくもんだろ？」

柴倉に言われて多喜次はうなずいた。

「確かになんか捨てづらい」

「そろばんとかさ」

「あー、わかるわかる。絶対電卓のほうが便利なのに、なんか捨てられないんだよな」

男の子二人の会話に祐雨子もうなずいた。大人になってから一切触っていないのに捨てづらいものは祐雨子にもある。

「今日、ちょっと家に行ってこようかな。おい柴倉、ちゃんとメシ食えよ」

「お前は俺の母親か」

「夜遊びすんなよ」

「かあちゃんはうるさいな！」

ゲラゲラ笑いながら会話が続く。二人は本当に仲がいい。祐雨子もつられて笑顔になった。

淀川《よどがわ》家に帰ると修羅場だった。

リビングで、父と兄が睨み合っていたのだ。

「結婚は認めないと言ってるだろう。堅気《かたぎ》になって出直せ」

多喜次の兄、淀川嘉文《よしふみ》は鍵師《かぎし》である。公務員の父は不規則な就業時間と不安定な収入の仕事がとにかく嫌いで、兄が強引に鍵師の道へ進んだことで、二人は長い間、冷戦状態にあった。そこに一石を投じたのが兄の婚約者、遠野《とおの》こずえだった。父が結婚に反対し、母が賛成している状況で〝婚約者〟と表現していいのか疑問ではあるが、二人は『つつじ和菓子本舗』の隣に建つ『鍵屋《かぎや》甘味処《かんみどころ》　改《あらため》』で同棲《どうせい》ならぬ同居生活を送っている。

「アタマ固いの治んねーな」

　リビングを覗き込む母とこずえに多喜次は溜息《ためいき》をついた。あんな石頭につきあわずさっさと籍を入れればいいのに、そう思ってしまう。鍵師を認めない父は和菓子職人にもいい顔をしない。多喜次には、未来の自分が兄に重なって見えていた。

「お父さんは、嘉文が勝手におばあちゃんの店を継いだのも気に入らないのよねえ。確かにサラリーマンと違って収入面は不安定だけど、嘉文は散財するタイプじゃないし、それどころか多喜次の授業料をまるっと出してくれるくらいには儲《もう》かってるのに」

　え？　と、多喜次とこずえが同時に目を見開く。

「あ、安心してね、こずえちゃん。ちゃんと貯金もしてるみたいよ。使うあてがないから貯《た》まっちゃうんですって」

「ちょ、俺の専門学校のお金って……!?」

「生活費はお母さんたちが出してるけど、学校関係はお兄ちゃんよ。多喜次のこと、応援してるんですって」

　父が渋々出してくれていると思っていた多喜次は、「さすが淀川さん」と、尊敬の眼差《まなざ》しを兄に向けるこずえと、「お兄ちゃん、照れ屋さんだから言わなくていいってうるさいのよー」と、ちゃっかり暴露《ばくろ》する母を見た。

「技術的なことをサポートしてあげられないの、ちょっと気にしてるみたい」

「……職人らしいなあ、そういうところ」

畑が違うのだから当然なのに、それでも気に病んでいるのだ。和菓子屋と鍵屋はお隣同士。ぎりぎりの生活費しか受け取らずバイト代もほぼ出ない状況のためいろいろと苦しい生活だが、風呂を貸してくれたりそのまま食事に誘ってくれたりしていたのは、多喜次の懐《ふところ》具合をダイレクトに知るがゆえだったのだ。

そしてその状況は、婚約者であるこずえが受け入れなければ成立しなかったものだ。

「お父さんが折れそうもないのが困るのよねえ」

言い出したらきかない性格であることは、困り顔の母が一番よく理解している。娘ができるのを楽しみにしている母は、こずえの手を握って菩薩《ぼさつ》顔で微笑《ほほえ》んだ。

「ねえ、こずえちゃん。ここは既成《きせい》事実が一番いいと思うのよ。嘉文をちょっと誘惑してくれないかしら？」

「え!?」

突拍子もない母の発言にこずえが狼狽《うろた》え、多喜次は慌てた。

「や、やめろ、やめろ。それ絶対アウト。兄ちゃんの努力が台無し！」

「でも、赤ちゃんできたらお父さんも認めるしかないでしょ？」

「だめだって。けしかけんなよ」

「こずえちゃんのお母さんとも話したんだけどね、やっぱり孫は早く見たいのよ。はじめは女の子がいいわねって。だけど男の子もかわいいわよね」

「いやだから、なんでそう自分本位なんだよ……」

ガリガリと頭を掻《か》いた多喜次は、母の言葉を聞いて硬直するこずえに肩を落とす。兄は周りが呆れるほどこずえを大切にしている。誘惑しても簡単になびくことはないだろう。兄は逆に、誘惑になびくようなことがあったら、結婚自体がさらに遠退《とおの》きかねない。そんな兄の性格を、母はずいぶんとおおざっぱに考えているらしい。

「ったく、面倒くさいなあ。俺、書道セット取りに来ただけなのに」

大仰《おおぎょう》に溜息をつき、リビングのドアを乱暴に開けた。慌てる母とこずえを無視してリビングに入る。とたんに父と兄に睨まれた。反射的に足が止まってしまうほどの重圧だ。本当に、なぜこの二人のあいだに割り込まなければならないのか——思わず後ずさると、母に背中をぐいっと押された。口元を引きつらせて振り返った多喜次は、神妙な顔でうなずく母に背中を押され、ずるずると前進することになってしまった。

「……なにをやってるんだ」

父が問いかけてきたのは、父と兄がいる応接セットの真正面に来たときだった。

「俺もなんでこうなってるのかよくわかんないんだけど……えっと、た、ただいま」

こんなはずじゃなかったのに、と、多喜次は胸中で嘆《なげ》く。母に背後から肩をがっちりと摑まれて身動きできないのが情けない。

父と兄は基本的に同じ系統の人間だ。よく言えば一本気《いっぽんぎ》、悪く言えば頑固。周りの意見に耳を傾けはするが根本的な部分は曲げないという面倒なタイプである。多喜次や母のように、適当に妥協点《だきょうてん》を見いだせる性格なら何年も冷戦状態になったりしなかっただろう。

「……けど、意固地なりに歩み寄ろうとしてるんだよなあ」

そうでなければ兄が家に帰ってくるなどあり得ない。金の工面に来るどころか多喜次の授業料を払ってくれているのなら、収入が不安定だと反対する父は一方的すぎる。

多喜次は大きく息を吸い込んだ。

「父さん、いい加減に意地張るのやめろよ」

言葉にしてから言い方が悪かったと気がついた。父が鬼の形相で睨んできたのだ。ちょっと背筋がぞくぞくした。首をひねって「ほう？」と問う父が、かつてないほど苛立《いらだ》っているのが眼光の鋭さから伝わってくる。怒っているとき声を荒らげないのは父も兄も同じだ。これ以上怒らせたら間違いなくまずい。

しかし、ここで引き下がるのはあまりにもみっともない。

多喜次は腹をくくった。

「このままだと、兄ちゃんと弟子《でし》……じゃない、こずえが駆け落ちして、孫の顔を一生見られなくなるぞ」

口からの出任せに、兄は「なにを言い出すんだ」という顔をする。父は思いがけない方角に転がった会話に戸惑ったのか眉をひそめた。

「待って！　お母さんとは連絡取ってくれるわよね⁉　お父さんは結婚反対してるけど、お母さんは賛成してるのよ⁉　だったら私は大丈夫よね⁉」

なんでそっちが反応するんだよ、と、多喜次は問い詰めてくる母を振り返った。

「ま、まあ連絡くらいくれるんじゃねーの。たまに会って孫を抱かせてもらうとか」

「旅行はどうなの⁉　一緒に行ける⁉」

「か、買い物くらいなら」

「買い物だけ？」

「旅行は遠慮してやれよ。旦那《だんな》の親がついてくるとかどんな武者《むしゃ》修行だよ。あ、誕生餅、俺が作ろっかな」

「誕生餅って、一升餅？　あんた字が下手じゃない」

「今から練習するんだよ！」

そのために書道セットを取りに来ただけなのにと、多喜次は額を押さえた。

「いろんな行事にお父さんだけ呼んでもらえないなんて可哀相《かわいそう》ねえ。でも認めてないんだから仕方ないわよね。あ、ちゃんと写真を撮ってくるから！　心配しないで！」

どうやら母の中ですべて完結したらしい。呆気にとられる父に笑顔で断言した。

「ま、待ちなさい」

焦ったように父が口を挟むが、母は聞く耳を持たず片手を上げて父を拒絶した。

「お父さんは無理しなくても大丈夫。しっかり二人分楽しんでくるから！」

「いや、だからちょっと待ちなさい」

「だって、はじめからわかってたことでしょ、嘉文がサラリーマンなんて無理だって話は。それこそお父さんが鍵師になるくらいあり得ないわ。だったらこれが妥協点よ。お父さんにはちゃんと孫の話を聞かせてあげるからそれで手を打ちましょう！」

「は……」

父が言いかけた言葉を呑《の》み込む。母が首をかしげると、父は渋々と口を開いた。

「……反対だとは、言っていない」

絞り出すような声だった。兄は父を懐柔《かいじゅう》しようと何度もやってきたが、信念が違うため平行線だった。それをずっと見てきた母は、懐柔をやめて突き放す方法を選んだ。だめならだめでいいと考え直したのだろう。その思い切りのよさが父に少しばかり危機感を抱かせたらしい。

「反対してなくても賛成してなきゃ一緒でしょ。心配なのはわかるけど、やりすぎたら相手にとっては苦痛でしかないの。先回りして不幸にばかり囚《とら》われてないで、なにかあったら支えることを考えましょうよ。それができるのは、私たち家族なんだから」

母の言葉を聞いて、多喜次は確信した。多喜次の言葉に便乗し、母がわざと強い言葉を選んで父に投げかけていたことに。そもそも兄が駆け落ちなんて大胆なマネをするはずがない。鍵師という地味な仕事をコツコツとこなし、恋人が未成年という理由だけで手も出さないような男が、恋だ愛だと浮かれるなんてあり得ない。

「――鍵師に関しては妥協できない」

「お父さん!」

「ただ、……子どもに寂しい思いをさせない親になるのなら、考えてやってもいい」

不機嫌顔で続いた言葉に母が目を見開く。一番受け入れられない部分がそこなんて多喜次にとっても意外だった。父は鍵師だった祖母に育てられた。仕事に没頭する兄の姿が、家庭を顧《かえり》みなかった自分の母親に重なり、よけいに反発がきつかったのだ。

なるほど、妥協点はそこか——納得する多喜次の目の前で、兄がカバンから取り出した書類をテーブルの上に置いた。

「じゃあ証人欄《ここ》にサインを」

「なんだ？」

「婚姻届」

紙を覗き込んだ父の眉が跳ね上がった。

「だからその早急な性格もひっくるめて心配なのだと言っているだろう！」

「善は急げだ。もうこれ以上待ってられるか」

婚姻届を破ろうとする父の手を、兄の手ががっちりと摑む。まるで力比べの体勢だ。ソファーから腰を浮かせ、額と額がぶつかり合いそうな勢いで睨み合っている。

「な、なんでそこで喧嘩《けんか》がはじまるんだよ！　仲良くしろよ！　面倒くせーな！」

多喜次は叫んだが、とても円満解決になりそうにない。それどころかこれは間違いなく持久戦の構えだ。多喜次はすみやかにリビングから出た。そして、部屋に入るタイミングを逃して廊下で待機しているこずえをちらりと見やる。

「——兄ちゃんよろしくな」

多喜次が声をかけると、こずえは目をまん丸にした。こずえは多喜次と同じ十八歳だが、すらりと長身で多喜次より大人びて見えた。だが、表情は妙に子どもっぽい。「じゃあな」と手をふって二階の自室に向かう。母がこまめに掃除機をかけているらしく、部屋はいつ戻っても清潔に保たれていた。多喜次は押し入れを開け、ぎっちりと収納されているボックスに顔を引きつらせながら一つずつ引っこ抜いた。アルバムや教科書、体操服、グローブ、楽器、服と、実にさまざまなものが収められている。

「あ、そろばん」

青いケースに入ったそろばんを見つけて苦笑する。本当に捨てずにとってあるとは思わなかった。音楽プレーヤーやマンガ、雑誌、日用雑貨が次々と出てくる。

「もう三年も前だもんなあ」

場所を移して別の押し入れを確認してみる。だが見つからない。廊下にある押し入れに手を突っ込んで中のものを確認していると、そこでようやく書道セットを見つけた。

一階に下りた多喜次は、いまだ騒がしいリビングに苦笑しつつ帰路についた。

翌日、多喜次は自腹で薄皮まんじゅうを二箱買って櫻庭神社に向かった。

「……しまった。筆買うときにカバンも買い直せばよかった……!!」

多喜次が使っていた書道セットは学童用書道セットのド定番で、一目で中身がばれてしまうのだ。道行く人に「その歳《とし》で習字？」と言われている気がして恥ずかしい。

櫻庭神社に着くと社務所《しゃむしょ》に顔を出し、薄皮まんじゅうを一箱渡しつつ書道教室の場所を訊く。すると、神楽殿《かぐらでん》だと返ってきた。お茶会で一度行ったことがある部屋だ。

足取りも軽く目的地に向かった多喜次は、違和感を覚えて立ち止まった。神楽殿に入るための玄関に子どもの靴が大量に脱ぎ捨てられていたのだ。戸惑いながら靴を脱ぎ、ふすまの前に立つ。ふすま越しに聞こえてくるのは甲高《かんだか》い子どもの話し声——場所を間違えたのかと踵《きびす》を返し、背後に立つ櫻庭神社の宮司にぎょっとした。洋装は純粋に洒落《しゃれ》ていて似合うが、和装は近寄りがたい清廉《せいれん》さがあって反射的に背筋が伸びた。

「どこに行く気だい」

「え、いえ、場所を間違えたみたいで」

戸惑いつつ多喜次が答えると、榊はちらりと書道セットを見てからふすまを指さした。

「書道教室に来たんだろ？　だったらここで合ってるよ」

「合ってるって、でも」

多喜次を押しのけ榊がふすまを開けた。以前はずらりと座布団が並んでいたが、今は部屋の一部がふすまで仕切られ、長机が六個と座布団が十二枚、向かい合うように長机がさらに一つと座布団が一枚置かれている。そこで、小学生から中学生程度の男女が、座布団を振り回したり、ゲームをしたり、追いかけっこをしたりと大騒ぎしていた。

「……子どもばっかり？」

脱ぎ捨てられた靴や聞こえてきた声から予想はついていたが、まさか大人どころか多喜次と同じ年頃の人間が一人もいないとは思わなかった。

「ほら、授業をはじめるよ！」

榊が手を打つと、今まで騒いでいた子どもたちが長机を直し、座布団を回収し、部屋の隅《すみ》にまとめられていた書道セットを手に席に着いた。

チラチラと向けられる子どもたちの不躾《ぶしつけ》な視線に落ち着かず、多喜次は榊を見る。

「あの、俺もここで習字の練習をするんですか？」

「当たり前だろ。みんな、新しい生徒の淀川多喜次くんだ。仲良くするようにね」

子どもたちが「はーい」と返事をする。が、多喜次を見てこそこそと内緒話をしたり、顔をしかめたりと歓迎されている雰囲気ではない。いちいちへこむ性格ではないが、周りから受け入れられないというのはやはり気になる。

多喜次は榊に言われるままあいている席——部屋の一番奥へと移動した。

「よ、……よろしく、お願いします」

三つ編みをお団子にした少女に会釈《えしゃく》して隣に座る。会釈は返ってきたが、返事はない。

「名前は？　いくつ？　小学生だよな？」

下敷きを広げ、硯《すずり》やぶんちん、水差し、筆が収められているケースを右に、筆と一緒に新調した墨汁《ぼくじゅう》をその斜め横に置く。

「俺は淀川多喜次、十八の和菓子職人見習い。あ、すぐ十九になるけど。習字って学校でしか習ったことなくて、筆や墨汁は買い直したんだ。紙はあったんだけど」

「――集中してるから、静かにしてもらえませんか？」

「ご、ごめん」

硯に溜まった墨汁を墨《すみ》ですりつつ短く告げられ、多喜次は慌てて口を閉じる。聞き耳を立てている子どもたちにくすくすと笑われ溜息が漏れた。なにをすればいいのかと辺りを見回すと、子どもたちは多喜次を気にしつつも手本を見ながら筆を構えた。手本はそれぞれに違い、〝紅葉〟や〝秋〟、〝十五夜〟、〝名月〟と季節感のある単語もあれば、書道展の練習にいそしむ子どももいた。

「小学生をナンパとは、感心しないねえ」

手持ち無沙汰《ぶさた》な多喜次のもとにしずしずとやってきた榊は、そうからかってから紙を一枚差し出してきた。書道用の半紙の中央に〝寿〟が書かれている。思わずうなり声が出てしまうほど見事な楷書《かいしょ》だ。さらにもう一枚、伸びやかに書かれた草書《そうしょ》を並べる。

「お、おおおお、すご、うま……!!」

「草書は慣れだけどね。基本は楷書からだ」

「了解。って、これ、榊さんが書いたんですか⁉」

「他に誰が書いたと思ってるんだ」

多喜次が席に着いてそわそわと辺りを見回しているたった数分で書かれた文字は、単なる道楽と片づけるには美しすぎる。

「……ってことは、ここの見本は全部……」

「希望があれば書くだけだ。基礎は？　ああ、筆の持ち方から悲惨だねえ」

子どもたちがくすくすと笑う。この歳になって筆の持ち方から指導されるとは思ってもみなかった多喜次は、勢いがない、筆運びが雑、筆の止め方が美しくない、はねが見苦しい、払い方が絶望的に下手だと一時間半、みっちりと文句を言われ続けた。

「うう、習字ってこんなに難しいものだったっけ？」

「——将来はそれで稼ぐんだろ。一回でへこたれないで、せいぜい練習するんだね」

ぐったりする多喜次に榊は冷たく言い放つ。榊が去ると、子どもたちが長机を片づけ、座布団を部屋の隅へと集め出した。多喜次も手伝おうとして立ち上がり、そのまま畳の上に転がった。

「足が……足が……!!」

かつてないほど痺《しび》れていた。一時間以上も正座していたのだから当然の結果だが、子どもたちは上手に足を崩していたらしく、のたうち回る多喜次を見て笑い出した。

「ダッセー！　足痺れたの？」

「っていうか、和菓子職人ってなんだよ！　見習いって！」

「ダサ！　マジダサ!!」

さんざんだ。

「ま、待て、お前ら。和菓子職人はダサくないぞ。むしろ格好いいぞ。こ、この、中に、お近づきの……いてててっ」

体を起こした多喜次は、足先を畳にぶつけて転げ回る。すると子どもたちは多喜次を指さして笑い、紙袋を奪い取るなり中にあった箱を取り出した。乱暴に包装紙を破って蓋《ふた》を開けると、坊主頭の少年が「うげっ！　なんだよこれ！」と声をあげた。

「う、薄皮まんじゅう……!!」

祐雨子の力作で、甘さひかえめの餡を透けるほど薄い皮で包んだ『つつじ和菓子本舗』の人気商品の一つである。贈答品としても愛用され、安価で食べ応《ごた》えもあり、お茶請けともに購入されることも多い一品だ。

「なんだよ、クッキーじゃないのかよ！」

「うちは和菓子屋だ」

「おまんじゅう嫌いー。おいしくないし」

「うまいって！　うまいから食ってみろって！」

多喜次の誘いで子どもたちは薄皮まんじゅうを取り、一口齧《かじ》って顔を歪《ゆが》める。

「ケーキ持ってこいよ、ケーキ！」

「だからうちは和菓子屋だって言ってるだろ！　せんべいならあるぞ！」

「誰がそんなもん食うんだよ！　見習いはせんべいしか焼けないのかよ！」

せんべいすら焼かせてもらえない、と言うのが正しい。多喜次はとっさに言い返した。

「俺は調理師専門学校に通ってるんだよ！　なんだって作れる！」

多喜次の宣言に子どもたちの目が変わった。

「じゃあクッキー焼けるか⁉」

「お、おう」

「焼いてこいよ⁉」

「待て！　なんでそうなるんだよ⁉」

「なー、なー、クッキー!!」

興奮した少年が畳に転がる多喜次に馬乗りになる。足がなにかにぶつかって多喜次は悲鳴をあげた。

「ぎゃああ！　乗るな！　持ってきてやるから俺に触るな!!」

「約束な！」

ぴょんと少年が多喜次から離れる。自由になった彼は、そのまま畳に突っ伏した。

「クソ、……なんだよ、この仕打ち」

多喜次は涙目で子どもたちを睨む。多喜次の隣でツンツンとしていたお団子頭の少女だけはこの騒ぎに興味がないようで、さっさと荷物をまとめていた。

「クッキー、どんなのが食べたい？」

唯一荷担《かたん》しなかった少女に声をかけると、怒ったように睨まれた。

「クッキーは嫌い」

「え……じゃあ和菓子は」

「もっと嫌い！」

怒鳴るなりお団子頭の少女が部屋を飛び出した。

「あー、蓮香《れんか》ちゃん怒らせたー」

「タキ、最低だな！」

ポニーテールの少女が騒ぐと坊主頭の少年が便乗する。しかも呼び捨てだ。多喜次は茫《ぼう》然《ぜん》とした。

「和菓子もクッキーも嫌いって……」

「俺は食うからな！　タキは次いつくるんだよ？」

「日曜日はバイトで忙しいから、次の水曜日」

「よし、約束な！」

坊主頭の少年に無理やり指切りをさせられて、多喜次はまた畳に突っ伏した。気楽なもので子どもたちは口々に「クッキー」と繰り返し、意気揚々《いきようよう》と部屋を出ていった。

多喜次は息をつき、仰向けに転がる。足の痺れがやわらぐと体を起こし、足の指を何度か曲げ伸ばししたあと立ち上がった。

「クッキーか。材料ってなんだっけ。小麦粉と砂糖と卵？」

雑なことを考えつつそろりと廊下を見た。子どもたちの姿がないのを確認し、菓子折《かしおり》を見る。文句を言いながらも十個なくなっている。包装紙をたたんで菓子折と一緒に紙袋に入れ、書道セットを持つと痺れの残る足でそろりそろりと神楽殿を出た。

「子どもだったらお菓子が好きだと思ったのになあ」

少なくとも多喜次は洋菓子やスナック菓子が大好きな子どもだった。見つけたら平らげていたので、腹に入ればなんでもいいというレベルだったのかもしれないが、お団子頭の少女――蓮香が、和菓子どころかクッキーすら嫌いだと言ったのには驚いた。

「飴《あめ》系が好きとか？　チョコならいいとか？　うーん」

考えれば考えるほど気になる。悶々《もんもん》としながら玉砂利《たまじやり》を踏んで参道を移動していた多喜次は、「だからいやだって言ってるのに！」と、叫ぶように訴える声に足を止めた。手水《ちょうず》舎《しゃ》の隣に、言い争う蓮香と中年女性がいた。目鼻立ちがよく似ているから、中年女性は蓮香の母親なのだろう。ピンと姿勢のいい、こぎれいな人だった。

「そんなこと言っても毎日は無理よ」

「おまんじゅうは嫌いなの！」

絶叫に近い声に、多喜次が思わず胸を押さえた。多喜次も和菓子が嫌いな子どもだったが、見境なく訴えるほど和菓子が嫌いなのかと思うと悲しくなる。

「だって私、毎日毎日おまんじゅうでしょ！　みんながケーキを食べてるときも、プリンを食べてるときも！　ミルクティーだって飲ませてくれないし！」

「それは仕方ないでしょ」

「どうして！」

「――蓮香は食べられないのよ。食べたら体中がかゆくなったり苦しくなったりするの、知ってるでしょ？　それに、蓮香だって辛いのはいやって言ってたじゃない。だったら我慢するしかないわ。おまんじゅうだっておいしいじゃないの」

「もういい！　ママのバカ！」

「蓮香！」

玉砂利を蹴散らしながら歩き出す少女のあとを母親が慌てて追いかける。とっさに建物の陰《かげ》に隠れた多喜次は、口を押さえてうなり声をあげた。

「……ケーキとプリンと、ミルクティー」

過剰な反応から状況を理解するには十分だった。

「アレルギー、か」

2

書道教室から帰ってきた多喜次は深刻な顔をしていた。

祐雨子と柴倉は顔を見合わせ、こっそりと店の隅に移動する。

「字が下手すぎて絶望的って言われたんじゃないですか？」

「え、そ、そんなに多喜次くんの字は下手じゃないですよ？　悪筆《あくひつ》な人は本当に解読不能な字ですが、多喜次くんはちょっと急いで書いてしまうだけで、丁寧に書けば決して読めない字じゃありません」

神妙な顔で告げる柴倉に、祐雨子は慌てて反論する。

「けど、タキの書いた〝寿〟って微妙だったし」

「た、確かに微妙……い、いえ、味があるいい字だと思います」

「いやいや、あれは絶対だめですって」

「見込みないとは言われてねーよ！」

ぼそぼそと話し合っていたら、多喜次が祐雨子と柴倉のあいだに割り込んできた。

「練習初日でそんなにうまくなるわけないだろ。俺が悩んでるのは別件！」

「別件？　なにかあったんですか？」

「……それが、教室にクッキーを持っていくことになったんだけど」

「なんで？」

柴倉に訊かれ、多喜次は言葉に詰まる。「それはいいんだよ」と多喜次は強引に話の続きを口にした。

「教室に、アレルギーの子がいるんだ。たぶん、小麦粉と牛乳、それと卵」

「それが食べられないと、お母さんも大変ですね」

料理によく使われる食材だ。祐雨子は母親の苦労を思い浮かべる。

「……それで、なんか作ってやれないかなって思って」

「またそうやって面倒事に首突っ込む」

うんざりしたような柴倉を、多喜次がじろりと睨んだ。

「お菓子食えないの可哀相だろ」

「そうですね。確かに可哀相です。でしたら和菓子などはいかがですか?」

「……和菓子」

「はい。和菓子に多く使われる食材は小豆、米粉、砂糖、寒天《かんてん》、果実などで、うちではとくにアレルギーの多い小麦粉、牛乳、卵を使わない品を多数取りそろえています」

祐雨子が説明すると柴倉が「ああ」と声をあげた。

「アレルギー対応だったのか。どら焼きも基本的に米粉で、ベーキングパウダー使うときとかやたら丁寧に掃除しますよね」

「そ、そうなの⁉　いつも掃除丁寧だろ?」

「――タキ、お前ちょっと周りを見ろよ」

「ぐ……っ」

「卵や牛乳はともかくとして、薄皮まんじゅうは作業台を変えてるだろ。それに、小麦が主原料に使われてる定番メニューはそれ一品だし」

「もともとお父さんの趣味で練り切り中心ですからね」

練り切りに使われるのは白あんと求肥《ぎゅうひ》である。見た目も華やかだし、洋菓子の代替え品としても悪くない選択だろう。実際にそういう人もいる。

しかし、多喜次は渋面だった。眉をぎゅっと寄せ、なにか考え込んでから「そっか」と一人納得している。

「アレルギーの子、たぶん、洋菓子の代わりに和菓子を食べさせられてるんじゃないかな。だから和菓子のこと、めちゃくちゃ嫌ってるんだと思う」

「き、嫌ってるんですか⁉」

仰天する祐雨子に多喜次はうなずいた。確かに、みんなが洋菓子《ケーキ》を食べる中、自分だけが和菓子《おまんじゅう》では納得できないだろう。それが毎回なら不満に思っても不思議ではない。

「あ、でも、見た目ならいろいろ工夫できるんですよ」

祐雨子は店を多喜次たちに任せて二階の物置に向かった。室内は空箱や材料、普段使わない道具などで埋まっている。奥の書棚にまっすぐ向かった祐雨子は、父であり和菓子職人でもある祐が長年レシピなどを書き留めてきたノートを手に取ってパラパラとめくった。

そして、二冊目で目的のページを見つけると一階に下りる。店内では柴倉が接客の真っ最中だった。柴倉がピックアップした和菓子をいくつか買ったカップルは、すすめられるままお茶券を購入して店をあとにした。

「柴倉くんは本当に接客が上手ですね」

売り込む相手によって営業トークを変化させ、それがぴたりとハマるのが素晴らしい。この勘のよさは天性のものだろう。祐雨子が褒めると、柴倉がはにかむように笑った。

「祐雨子さん、そうやって褒めてくれるところ好き」

「え、え、そ、そうなんですか?」

いつもと違う反応にちょっと戸惑うと、多喜次が「あの」と口を挟んできた。

「見た目の工夫って?」

怒っているみたいに多喜次の目が据《す》わっている。多喜次の言葉に含まれる棘《とげ》に慌てながら祐雨子はノートを差し出した。日付は二年前のクリスマスシーズン。テーマは〝ケーキ風和菓子〟である。クリスマスシーズンはもちろんのこと、西洋から伝わったイベントに合わせて和菓子を創作する和菓子屋は多い。新しいものにどんどんチャレンジしていく『つつじ和菓子本舗』の職人・蘇芳祐も当然ながら毎年いろいろと作っている。それが、〝ケーキ風和菓子〟だ。イメージ的に作りやすいと、祐はミルフィーユ風に練り切りを何枚も重ね、ショートケーキを和菓子で再現した。

「……び、……微妙……」

「子ども向けじゃないと思います」

多喜次がうめき、柴倉が眉をひそめた。二人が言うように、シンプルすぎるうえに練り切りの野暮《やぼ》ったさが前面に出てしまって見た目にも美しくなかった。

「じゃあ、その前の年のバースデー和菓子ケーキはどうでしょう」

ページをめくり、抹茶《まっちゃ》を使ったホールケーキ風和菓子を見せる。抹茶をたっぷり使った練り切りに、ほろほろと崩れる小豆の蒸菓子《むしがし》が層を成すハイクオリティーな一品。

「誕生日っていうより敬老会《けいろうかい》？」

「カロリー高そう。値段も高そう」

子どもたちより祖父母が大喜びしていたと、人づてで微妙な感想を聞いたことを思い出した。そして、和菓子ケーキの料金は柴倉の言うように高い。たまに作れるか相談されるが、値段の話になるときまって「検討する」と言葉を残して足が遠退くのである。

「材料は和菓子だけど、あんまり〝和〟にこだわらずにもうちょっとケーキっぽさを出してもいいんじゃない？　たとえば生地にチョコレートを混ぜるとか」

メモ帳にケーキの絵を描きながら多喜次が提案する。ガトーショコラ風ならシンプルだし作りやすそうだと判断したらしい。祐雨子は首をかしげた。

「練り切りにチョコレートですか？」

「どう考えたって別々に食べたほうがうまいだろ」

柴倉が顔をしかめた。チョコレートの肝《きも》は香りと舌触りだ。だから練り切りに混ぜるとチョコレートのよさが死んでしまう。

「無難なのはモンブランケーキだろ」

柴倉の提案に多喜次がうなった。

「米粉で作った蒸菓子を生地にして練り切りに栗を混ぜ、あとは生クリーム——は、だめか。なんか代用できるものないかなあ」

「よく使われる食材にアレルギーがあると大変ですよね。雪宮《ゆきみや》さんのところの蓮香ちゃんも小麦粉と牛乳と卵がだめで、外食ができないっておっしゃってました」

祐雨子の言葉を聞くなり多喜次の手からペンが落ち、彼はふらふらと後ずさった。

「れ、蓮香ちゃんって、三つ編み団子の子？　店に来たことある？」

「娘さんは来たことありません。お母さんがたまに和菓子を買いにいらっしゃって……髪型はいろいろ工夫してるってお話をされていたような……」

「同姓同名は？」

「聞いたことはありません……けど、もしかして」

「……その、蓮香ちゃんに食べてもらうつもりだった」

多喜次は真っ青になった。

洋菓子が食べられない娘のために、蓮香の母はときおり和菓子を求めて来店していた。彼女はきまってショーケースの前を行き来し、店頭に並ぶ和菓子の中で一番華やかなものを選んだ。それは、少しでも娘を喜ばせようという心遣いだったに違いない。

「……蓮香ちゃんは、和菓子、嫌いなんですか……」

母親の努力が全部無駄だったのだと知ると居たたまれない。

「と、とりあえず、調理場借りて先にクッキー焼かせてもらってくる」

約束を守るつもりなのだろう、多喜次がふらふらと調理場に消え、二分で戻ってきた。

「小麦粉は薄皮まんじゅうだけで十分だっておやっさんが……!!」

「まあ、仕事以外では使わせたくないだろうな。アレルゲンだし」

「牛乳と卵はいいって」

「おからクッキーでも焼いてみたら？　牛乳は豆乳に置き換えて、卵不使用」

「あの怪獣たちがそれで満足すると思うなよ⁉」

多喜次と柴倉が睨み合う。先に睨み合いをやめたのは柴倉だった。

「市販の持っていけばいいだろ、そんなのわざわざ焼かなくても」

「……そ、そ、それはしない！　それくらいなら学校の先輩に――あ、そうだ……!!」

なにか閃《ひらめ》いたらしい。多喜次はメモ帳にペンを走らせるとそれを写真に撮り、メールを打った。しばらくするとメールの着信音が響き、多喜次は小さく拳《こぶし》を握った。

「なにかいい案でも浮かびました？」

祐雨子の問いに多喜次は大きくうなずいた。


秋とあって、ひっきりなしに来客があった。

季節限定の味覚というのは魅力的だ。栗は偉大だと痛感する。

そんなこんなで仕事と勉強に追われているうちにあっという間に一週間がたち、多喜次は学食で知り合った洋菓子専攻の先輩のもとを訪れた。見た目は相撲《すもう》取り、作り出す洋菓子はメルヘンという、調理師専門学校の中にあっても異色な生徒である。身長が百九十センチを超えているせいか、あるいは横幅も広いせいか、安定感がすさまじい。

「和泉《いずみ》先輩、できてます？」

多喜次が教室を覗き込むと、和泉が「おう」と片手を上げた。買えばこのくらいはかかると目算して料金を差し出すと、和泉は慌てたように首を横にふった。

「一つが小さいのに、これじゃもらいすぎだ。材料費だけで十分だ」

「いやいや、『月うさぎ』に就職内定した職人にリクエストして材料費だけなんて、そんな恐れ多い」

『月うさぎ』は商店街のみならず都内にも店を構えるパン屋で、イートインスペースも完備する人気店だった。耳がサクサクの食パンと豊富な種類の菓子パンが有名だが、数量限定で販売されるケーキも好評ですぐに売り切れるという。

「就職内定って言っても、俺はまだ見習いだぞ」

「――自信、ありませんか？」

「喧嘩売ってるのか？　自信がなかったら渡したりしない」

頼もしく宣言され、多喜次はお金を渡してタッパーを二つ受け取る。一つは注文の品が入ったもの、もう一つはあらかじめ取り置いてもらっていた食材だ。

タッパーの蓋を開けて中身を確認していると和泉が話しかけてきた。

「店の厨房《ちゅうぼう》借りて作ってたら、一口サイズはかわいくていいって奥様が面白がってた」

「奥様？」

「社長の母親。『月うさぎ』の創業者」

「へえ」

興味を持ってもらえるのは嬉しい。そのうえ、厨房の使用許可を出してくれたとなるとかなり心の広い女性なのだろう。多喜次は和泉に礼を言い、先生と交渉して学校の調理場を使わせてもらう許可を得るとタッパーを開けた。

和泉が作ったラズベリーとブルーベリーののった小さなケーキを凝視し、「よし」とうなずいてエプロンを摑んだ。


夕方の四時、多喜次は書道セットとタッパーを二つ持って櫻庭神社を訪れた。

意外とぎりぎりにやってくる子どもは少なく――それどころか、多喜次が到着した頃には「クッキー」の大合唱だった。

「落ち着け、ちゃんと持ってきたから！」

「やったー!!」

多喜次は取り囲まれてよろよろと神楽殿に入る。長机と座布団はすでに準備されていて、多喜次は長机の上に大きめのタッパーを置いた。

蓋を開けると子どもたちのテンションが上がった。

「ケーキだ！」

歓声が気持ちいい。気をよくした多喜次がケーキサーバーで取り分け、用意しておいた紙製の皿に移す。すると、すぐに「小さい」と不満の声が聞こえてきた。

「お前ら、わがまますぎない？」

「こんなの一口だろ！」

坊主頭の少年がひときわ大きな声で文句を言ってきた。

「味わって食えよ。これ、『月うさぎ』のパティシエが作ったんだぞ」

本当は見習いの職人だが、見栄を張るため大きなことを言ってみた。すると効果は覿面《てきめん》でブーイングがすぐに収まった。そんな中、坊主頭の少年だけが食い下がってきた。

「でも『月うさぎ』って、パン屋だろ？　タキが作ってくるんじゃないのかよ！」

「そ、それは……」

「嘘つき！」

クッキーがケーキに化けたのだから感謝されてもいいはずなのに、約束を違《たが》えたこと自体を非難されぐうの音《ね》も出ない。多喜次を取り囲む子どもたちからも興奮の波が去っていった。完全なアウェーだ。多喜次は渋々と口を開いた。

「店でクッキー焼かせてもらえなくて……」

「言い訳するなよ！」

仁王《におう》立ちになって多喜次を責める坊主頭の少年が、背後にいた小学校高学年とおぼしき少女に押しのけられた。よろめく少年を無視し、少女が身を乗り出す。

「『月うさぎ』好き！　あそこのケーキ、すぐに売れ切れて滅多に買えないんだよ！」

そう力説すると、現金なことに他の子どもたちのテンションが再び上がった。

本日のターゲット、雪宮蓮香は我関せずといった様子で書道セットを開いている。多喜次はせかされるままケーキを子どもたちに配った。スポンジケーキに生クリームと濃厚な苺《いちご》ジャムを挟み、包むように全体に生クリームを塗った一品。ケーキの上にはラズベリーとブルーベリーとともにミントの葉が添えられているが、その置き方も洒落ていて、シンプルながらもセンスのよさがうかがえた。

「俺が作ったやつじゃないけど食う？」

多喜次が問うと、坊主頭の少年は仕方ないと言わんばかりに受け取る。

そして、センスの塊《かたまり》のようなショートケーキを無慈悲に口へと押し込んだ。

「ちょ、一口かよ!?　もうちょっと味わって食えよ！」

多喜次の指摘に耳を貸すことなく少年はもごもごと口を動かし、飲み込むなり「うまい！」と叫んだ。多喜次が苦笑していると、子どもたちが次々とケーキを口に入れ、歓声

をあげる。気持ちがいいくらいストレートな反応だ。小腹が空《す》いている時間帯であること
も上乗せされ、どうやら気に入ってもらえたようだ。
「そっちにはなにが入ってるんだ？」
　坊主頭の少年に訊かれて多喜次はタッパーを開けた。覗き込んだ子どもたちはそろって
「あれ？」という顔をする。今食べたショートケーキと同じものがタッパーに収められて
いたからだ。ただし色合いが微妙に違う。生クリームの白さではなく、ややクリーム色が
かっている。
「これは、蓮香ちゃんに」
　女の子を〝ちゃん〟づけするのは慣れないが、あえて親しげに声をかけた。墨汁を手に
していた蓮香が驚いたように顔を上げる。どうやらみんなの会話が気になって聞き耳を立
てていたらしい。先週見た、母親に対するわがままとは対照的な姿――いじらしい様子に、
多喜次は微苦笑を浮かべてから彼女に近づいた。
「……なんですか？」
「ケーキ、どう？」
　その瞬間、蓮香の表情が険しくなった。
「いりません」

「そう言わずに一口だけでも」

多喜次が未使用のケーキサーバーと新しい紙皿を手にすると、今までにこにこ笑っていた少女たちが真剣な顔になって多喜次の服を摑んだ。

「だめだよ、蓮香ちゃんはケーキが食べられないの」

「お菓子は食べちゃだめなんだって、蓮香ちゃんのママが言ってたの」

心配そうな子どもたちに多喜次は笑みを返す。

「これは大丈夫。ちょっと食ってみな?」

多喜次が紙の皿にのせた苺のケーキを差し出すと、蓮香は戸惑ったような表情になった。せっかく用意したのだからと店でもらってきた黒文字《くろもじ》を差し出す。

「――これ」

「和菓子を食べるときに使う楊枝《ようじ》。使い方はわかるよな?」

ケーキより和菓子に接することが多かったのなら自然と目にする機会も増えたはずだ。多喜次が問うと、蓮香はこくりとうなずいた。黒文字を握り、ケーキもどきをじっと見つめる。和菓子と聞くと抵抗があるが、見た目はさっきみんなが食べた小さなケーキと同じ形であるため興味があるらしい。

当然だ。和菓子の材料に置き換えるために、和泉に頼んでわざわざ小さなケーキをリクエストしたのだから。

蓮香はそっと黒文字でケーキもどきを切り分けて口へと運ぶ。躊躇《ためら》うような仕草のあと、ぎゅっと目を閉じて口に放り込み、咀嚼《そしやく》する。

そして、大きく目を見開いた。

「いつもと全然違う味がする！」

「だろ！」

多喜次は胸を張った。

「生地に砕いたナッツ練り込んで風味をつけてあるんだ。使ってる苺ジャムや果物はケーキと同じもの。どーよ、『つつじ和菓子本舗』と『月うさぎ』のコラボは！」

「おいしい！」

和菓子を食べ慣れている少女だからこそ持つ感性を根底からくつがえすのに一役買ったのは、苺という食材もポイントだ。苺大福に代表されるように、苺、杏子《あんず》、桃、イチジク、柿など、和菓子と抜群に相性がいい果物も多い。組み合わせれば味のバリエーションができるし、見た目のインパクトで期待値も上がる。

「ケーキとは、たぶん全然違うけど」

「ぐ……そ、そうですね」

蓮香の指摘に多喜次はうなる。食材が違うのだから仕方がないのだが、さすがにまったく同じものを作ることはできなかった。

「でも私、これ好き。私のショートケーキだ！」

にこにこと言葉が返ってきて、多喜次もつられて笑顔になる。子どもたちが「いいなあ」と口を揃える様子を眺めていた多喜次は、いつの間にか部屋に入ってきていた榊に気づいてぎくりとした。相変わらず妙な色気を醸《かも》し出す宮司は、ちらりと多喜次を見やってから意味深に微笑み、席に着くように皆にうながした。

多喜次はビクビクと書道セットを開く。そのまま〝寿〟を書いていると、生徒を一人ずつ見て回っていた榊が多喜次のもとへやってきた。

無言で背後に立たれ冷や汗が流れる。筆を握る多喜次の手に、榊が冷たい手を添えた。

「子どもたちは結束が固くてね、同年代じゃないとすぐに追い出されちまうんだよ」

耳元でささやかれ、多喜次は思わず肩をすぼめた。

「同年代？」

「お前さんはまだまだ同年代のようだね」

にやりと笑われ、多喜次は言葉もない。小中学生と同じレベルと言われても言い返せないのが情けない。

「いい笑顔が見られたんで相殺《そうさい》です」

多喜次が答えると榊は「ふうん」と鼻を鳴らす。

「書道のほうも、同じくらい力を入れてくれるといいんだけどねえ」

等間隔で線を引くというのが意外と難しい。初歩の初歩で悪戦苦闘している多喜次を見て榊は溜息をついた。

3

「おやっさん、和菓子のショートケーキ、メニューに入れませんか？」

書道教室で和菓子ケーキを披露した翌日、多喜次は調理場で祐にそう尋ねた。蓮香が和菓子ケーキをとても気に入ってくれたと聞いていた祐雨子は、多喜次の気持ちが痛いほどわかった。

店頭に常時並ぶようにすれば買いやすくなる。蓮香が喜ぶと考えたのだろう。

「本当、あいつって単細胞」

ショーケースに和菓子を移動させた柴倉が、祐雨子の隣に立つなり調理場を振り返った。

母の都子は経営方針に口出ししないため、様子をうかがいつつ正月に向けて餅つき機の手入れをしている。

「練り切りは華やかでいいんですけど、やっぱり子どもにとって地味というか、いかにも和菓子って感じが受け入れられないというか」

「無理だ。ショートケーキのサイズを考えろ。あれに合わせて作ったらかなり高額になる。それでも構わないって年に何度か注文が入ったりするが、それをメニューに入れるのは乱暴すぎる。和菓子はあくまでも和菓子なんだよ」

必死で訴える多喜次に対し、祐はひどく冷淡だった。

「でも、アレルギーで洋菓子が食べられない人がたくさんいます。そういう人に向けたアピールもありだと思うんです！」

多喜次は柴倉考案の和菓子のモンブランケーキを差し出した。今朝、材料をわけてもらって急ごしらえした一品だ。一口サイズなのは、店で扱う和菓子が百円台から二百円台という値段設定に合わせて作ったがゆえだ。

「き、期間限定とか、お試しとか、そういうのでもいいので！」

「期間限定？」

「はい。旬の食材を使ったり、これからだったらハロウィンとかクリスマスとか、そういうシーズンに合わせて数量限定で提供するとか」

懸命な多喜次の訴えに、祐は小さなモンブランに視線を落とした。

「じゃあお前が作ったモンブランケーキときんとんの違いを言ってみろ」

きんとんはあん玉にそぼろあんをつけた和菓子だ。季節によってピンクや緑、紫など華やかに変化するが、多喜次の作ったモンブランケーキと見た目がそっくりだった。唯一の違いは、下に少し蒸菓子が見える点である。逆に言えば、それ以外の違いが見当たらない。

祐を説得するために準備した和菓子のチョイスは最悪だった。

「あー、確かにあれだときんとんかも」

柴倉も納得している。祐雨子だって、和菓子屋のショーケースにミニモンブランが並んでいたらきんとんだと勘違いしてしまうだろう。祐の指摘はもっともなものだった。

多喜次はなおも食い下がった。

「ふ、普通の、ショートケーキ風の、和菓子とかは」

「手間がかかりすぎる。いつも買ってくださってるお客様が見向きもしないんじゃ作る意味が――」

「じゃあ、見向きすればいいいってことかい」

祐の声を遮《さえぎ》るように聞こえてきたのはゆったりと艶《つや》のある声――櫻庭神社の宮司、榊だった。祐雨子と柴倉の真後ろに立ち、調理場を覗き込んでいる。正面の引き戸は開けると音がするようになっていたのに、誰もまったく気がつかなかった。

「も、申し訳ありません！」

「こっちこそ、無作法《ぶさほう》をしたね」

榊は顔色を変える祐雨子に笑いかけ、祐と多喜次の二人へと視線を投げた。

「少し時間をもらえないか？　折り入って相談したいことがあるんだけどね」

「はい」

祐が戸惑い顔でうなずき、多喜次についてくるよう目で合図する。榊がまとう独特の空気に圧倒されつつ店内を見ると、白髪を紫に染めたご婦人がにっこり微笑んで手をふってきた。いつもは数人連れだってやってくるのに、一人だけというのは実に珍しい。会釈を返し、祐雨子ははらはらと様子をうかがった。

榊はご婦人の隣に戻ると、祐と多喜次の二人と向かい合うような形で立った。

「和菓子のケーキの話を彼女にしたら、いたく気に入ったようで、ぜひ作ってもらいたいとせがまれてね」

「そ……それは、ありがとうございます。ですが――」

「定期的にお願いしたいんだ。毎日とは言わない。そうだね、どのくらいがいい？」

榊は祐から視線をはずし、隣のご婦人を見る。ご婦人はかわいらしく首をかしげた。

「二週間に一度くらいならいいんじゃないかしら。うちの職人もそれなら負担にはならないだろうし、なにより和泉くんがとても興味を持っているのよ」

「そりゃ頼もしいこった」

　話についていけない祐が「あの」と声をかけるのと、「和泉って、まさか」と多喜次が声をあげるのはほぼ同時だった。祐が口を閉じて多喜次を見た。

「し、失礼ですが、――『月うさぎ』の……？」

「ええ、創業者の宇佐美月乃《うさみつきの》です」

　戸惑いながら尋ねる多喜次に、ご婦人、宇佐美月乃がうなずいた。

「うちの新人くんが工房で小さなケーキを作っていてね、あとから真吾さんに、こちらの職人見習いの子がまったく同じものを和菓子で再現したって聞いてとても興味を持ったの。和菓子ブームは定期的に起こるわけだし、つつじ屋さんがご迷惑でなければ――」

　まっすぐ背を伸ばし、たおやかに微笑んでいた顔を商売人の表情に変え、宇佐美月乃は一歩前に出る。

「『月うさぎ《うち》』とコラボはいかがでしょう？」

「コラボ？」

「うちとこちらの職人で同じお菓子を作るの。もちろん、うちは洋菓子の材料で、つつじ屋さんは和菓子の材料を使って。実は最近、うちの店でも要望が多くて米粉を使ったパンをいろいろ出していたんですが、ケーキは難しくて……ですから、和菓子の材料を使ってプロの方が作ったものでしたら、自信を持っておすすめできると思ったんです」

「──それで、二週間に一度ですか」

　祐に確認され宇佐美月乃はうなずいた。しょっちゅうはできないが、二週間に一度なら職人の負担やお客様にアピールするプレミア感としては妥当《だとう》という判断なのだろう。

「おやっさん」

　多喜次が全身で「やりたい」と訴えている。企画のもととなったのは多喜次である。そして彼は、こうしたことを負担に思わない人間だ。

「──うちのような小さな店でよろしければ」

　多喜次を見つめていた祐は、一つ息をつき、宇佐美月乃に頭を下げた。

「つつじ屋さんの味はよく存じています。こちらこそ、よろしくお願いいたします」

　宇佐美月乃も会釈を返す。そうして『つつじ和菓子本舗』で新たなメニューが誕生した。

　一連の様子を眺めていた柴倉が呆れたように肩をすくめる。

「鷹橋《たかはし》さんのところに一カ月に一回月命日の和菓子作って、そのうえ二週間に一回和菓子ケーキも作るって？　なんでそういう面倒なことを引き受けるのかなあ、あいつは」

「それが多喜次くんのいいところです」

祐雨子がにこにこ答えると、榊たちを見送った多喜次は満面の笑みで戻ってきて祐雨子と柴倉に飛びついた。まるで興奮する大型犬だ。

「和菓子ケーキ、作っていいって！」

「わかった！　俺たちも聞いてた！　落ち着け、タキ！」

ぴょんぴょんと飛び跳ねる多喜次に柴倉がうんざりしたように顔をしかめる。そんな二人のやりとりに笑っていたら、

「俺もあとからあいさつにうかがうが、『月うさぎ』さんの職人とちゃんと連絡取れよ」

と、祐が声をかけてきた。全面的に仕事を任されることがわかって多喜次が意気込む。

「はい」と返す声も軽い。そんな多喜次をますます喜ばせることがあった。噂《うわさ》の雪宮親子が店を訪れたのだ。母親が少し困ったような顔で口を開いた。

「こちらで作ったケーキを食べたって娘が言ってたんですけど……こちら、和菓子屋さんですよね？　ケーキは扱ってませんよね？」

「いえ、二週間に一度、『月うさぎ』さんとコラボで作ることになりました！」

蓮香が「コラボ？」と首をかしげるのを見て多喜次は言葉を続けた。

「同じようなケーキを、和菓子と洋菓子で食べられるんだ」

「――じゃあ、お姉ちゃんと同じケーキが食べられるの？」

「おう！　お姉ちゃんだろうとお兄ちゃんだろうと食えるぞ！　あ、そうだ。試作品のモンブランケーキどう？」

多喜次の誘いに蓮香が目をキラキラさせる。

「……本当、物好き」

「でも、そういうところって素敵ですよね」

周りをぐいぐいひっぱっていく多喜次のパワーは生来《せいらい》のものだろう。

祐雨子の返答に天井を睨んでいた柴倉が、ふっと口元をゆるめるなり雪宮親子へと近づいた。

「餡にもバリエーションがあり、柑橘《かんきつ》系はさっぱりしていておすすめですよ。今だったらもちろん栗ですけど」

負けていられないと闘志を燃やすのが見て取れる。

噴き出した祐雨子は、そして彼らのサポートに回るのだった。

第二章

ひとりぼっちのあじさい

1

「上達しないねえ」

耳の痛い言葉を、書道教室に行きはじめて何度聞いたかしれない。

毛筆は得意だが硬筆は苦手、硬筆は得意だが毛筆は苦手と人によってさまざまだが、あいにく多喜次《たきじ》はどちらも苦手だった。祐雨子《ゆうこ》いわく「慣れれば大丈夫」とのことだが、書道教室に通いはじめ二週間、あいた時間に練習もしているのに成長の兆《きざ》しがない。

「タキ、頑張れよ！」

「タキ、ネバーギブアップだ！」

「おー、ありがとなー」

子どもたちの声援に応《こた》えつつ多喜次はよろよろと神楽殿《かぐらでん》から出た。参道に向かうと、柔らかそうな栗《くり》色の髪を結わえた青い瞳の少女がじっとこちらをうかがっていることに気がついた。誰を見ているのだろうかと振り返るが周りには誰もいない。

「……迷子？」

白い肌に高い鼻梁《びりょう》、髪の色も目の色も、どこをとっても日本人離れしている。書道は苦手だが英語はもっと苦手という多喜次は、話しかけられないように祈りながら足早に少女の脇をすり抜けた。が、しかし、離れる前に腕を摑《つか》まれてしまった。

「あの、お父さんのために和菓子を作りたいんですけど！」

「あ、あいきゃんのっとすぴーくいんぐりっしゅ！」

「つつじ屋さんの、職人さんでしょ？　蓮香《れんか》ちゃんから聞きました!!」

「あいあむじゃぱにーず！」

「淀川《よどがわ》多喜次さん!!」

名前を呼ばれてはっとした。怒ったように眉をひそめる美少女が、まっすぐ多喜次を見上げていた。「あれ？」と首をかしげ、「日本語？」と、多喜次は改めて尋ねる。

「私、本条《ほんじょう》四葩《よひら》です！」

「……日本語だ」

ハキハキと四葩が答えた。パニックを起こしていたことを恥じた多喜次は、赤くなりながら愛想笑いを浮かべた。

「ご、ごめん。えっと、なんだっけ？」

「お父さんのために和菓子が作りたいんです！」

四葩がぴょこんと飛び跳ねて宣言する。

「作る？　買うんじゃなくて？」

見た目が外国人であるせいか、きれいな発音の日本語を聞いてもやはり緊張してしまう。警戒気味に多喜次が問うと、四葩は大きくうなずいた。

「三年前の夏に、和菓子教室であじさいを作ったら、お父さんが喜んでくれたんです！仕事で疲れているって言ったけど疲れが吹き飛んだって！」

四葩は元気に答えたあと表情を曇らせた。

「最近、お父さんはちっとも家に帰ってこないんです。やっと帰ってきてもすごく辛そうに寝ているから、和菓子を作ってプレゼントしたいんです」

よほど父親のことが気がかりらしく、訴える瞳に涙がたまっていた。

「そうしたら、元気が出るかなって」

弱々しく続いた言葉はいじらしい。小さな女の子が家族のためになにかしたいと頑張っているのだ。ここで素通りしたら男が廃《すた》る。

一も二もなく了承した多喜次は、すぐに首をひねった。

「あれ？　和菓子教室であじさい作ったって言ったよな？　夏なのにあじさい？」

和菓子教室は夏休みに開催されるため、生き物なら涼を求めて金魚、食べ物ならスイカ、風景ならせせらぎや花火、花であれば朝顔やひまわりなどが題材になる場合が多い。あじさいは梅雨《つゆ》時のテーマだろう。

もっとも、題材は自由だ。多喜次は四葩を手招き歩き出した。

「えっと、……日本人、で、いいのか？」

「お父さんがフランス人で、お母さんが日本人です！」

「なるほどハーフか！　だから日本語うまいのか！」

見た目の華やかさに多喜次が納得する。

「生まれた頃からずっと日本で暮らしています！」

「へえ、いくつ？」

「七歳です！」

予想以上に年齢が低くて多喜次は内心で驚愕《きょうがく》する。多喜次が七歳の頃なんて、手のつけられない暴れん坊だった。敬語なんてもちろん使った記憶がない。

「な、七歳っていうと……」

「小学校二年生です。あ、早生まれです！　趣味はお父さんとかくれんぼうをすることです。お父さんはフランス語の講師で、お母さんはパートです！」

「へ、へえ」

受け答えがしっかりしていて、小学校低学年の少女を相手にしている気がしない。ただし言っていることは微妙に小学生なので少し混乱もする。

櫻庭《さくらば》神社から『つつじ和菓子本舗《わがしほんぽ》』までは十分少々。薄暗くなりつつある道を並んで歩いていると間が持たず、多喜次は少ない情報から話題を拾い上げる。

「お父さん、和菓子好きなの？」

「うん。もともとはあじさいの品種改良のお仕事をしていて、日本に興味を持っていたんです。だから、ずっと日本に来たかったって言ってました！」

「フランスで、あじさいの品種改良」

饒舌《じょうぜつ》に語る四葩の言葉があまりにも意外で、多喜次は無意識に繰り返していた。

「十年前に日本に来て、お母さんに出会って、結婚したんです！」

十年前に異国である日本を訪れ、家族を持って今もこうして暮らしている――その情熱に、多喜次は強く惹《ひ》かれる。

多喜次は『つつじ和菓子本舗』へたどり着くと、裏口から四葩を調理場に入れた。

「なにやってる、タキ！　人手が足りない！　さっさと支度しろ！」

せいろを運びながら祐《たすく》に怒鳴られ、多喜次はとっさに四葩を背後に庇《かば》った。

「注文ですか？」

「通夜《つや》だ。五百箱」

いつもよりはるかに多い。まんじゅうが一箱二つずつ入っているから合計で千個。通夜ならこれから一時間ほどで準備しなければならない。

「……あの、ちょっとこの子に和菓子を作らせてあげる、とかは」

「そんな時間があるように見えるか？」

そろりと尋ねると、祐に睨《にら》まれた。

「祐さん、こっち準備終わりました！　箱あります⁉」

柴倉《しばくら》がせいろを運ぶ。その熱気にあてられた多喜次は、ちらりと四葩を振り返った。

「ご、ごめん、今日はちょっと無理かも」

多喜次の服を摑んで四葩はうつむいた。肩がぷるぷると震えている。四葩が顔を上げると青い瞳に涙がたまっていた。きつく引き結ばれた唇が開いた。

「いや！　お父さんにあじさい作ってあげるの！　やっと家に帰ってきたんだから、今日渡さないとだめなの！　またお父さんが出ていっちゃう！」

まんじゅうを作る祐も、箱詰めに追われる都子《みやこ》も、せいろを次々と運ぶ柴倉も、そして、接客を終えて調理場に入ってきた祐雨子すらもびっくりしたように四葩を見ていた。

「なんだ、その子は？」

口を開いたのは祐である。

「三年前に和菓子教室で和菓子を作った──」

「あ、覚えてます！　お父さんのためにあじさいを作ってましたよね？」

答えようとした多喜次に反応したのは祐雨子だった。箱詰めの手伝いをしながら「確か、ピンク色のかわいらしいあじさいの練り切りでした」と言葉を添える。祐も思い出したのか「あのときは金髪じゃなかったか？」と首をひねった。

「大きくなると髪色が変わる子が多いって聞いたことがあります」

柴倉がそう口を挟む。今が七歳なら、三年前は四歳──金髪碧眼《へきがん》の少女が交じっていたら、相当目立っていただろう。しかも作っているのがピンクのあじさいだ。

「あの、それで和菓子が作りたいんです！」

四葩が多喜次の前に出て訴えた。だが、作業台はどれも埋まり、ゆとりはない。

「あ、明日じゃだめ？」

「今日！　でなきゃお父さん、遠いところに行っちゃうってお母さんが！」

忙しすぎる父親に、四葩が焦る気持ちもわかった。家にいるあいだに、なんとかして疲れ切った父親を元気づけてやりたいと思っているのだ。

だが、調理場を見回した四葩はそれ以上なにも言わなかった。ぎゅっと唇を嚙《か》みしめうつむく。わがままを言ってはいけないのだと、彼女なりに理解したのだろう。

多喜次が無言で祐を見る。多喜次どころか祐雨子も、都子も、柴倉さえも、それぞれに作業しながら祐を見た。祐は考えるように押し黙り、業務用の冷蔵庫から練り切りとこしあんを取り出してラップにくるみ、着色用の色素が入った瓶と木製のまな板、漉《こ》し器、きんとん箸《ばし》、フードパックなど一揃《そろ》えプラスチックの箱に入れて多喜次に差し出した。

「材料は預ける」

「ありがとうございます！」

祐から箱を受け取った多喜次は、潤んだ目で見上げてくる四葩にうなずいた。

「隣の鍵屋で作らせてもらおう。すみません、ちょっと行ってきます」

多喜次が頭を下げると、祐雨子がぐっと拳《こぶし》を握って「頑張ってください」とうなずいた。

多喜次はもう一度頭を下げ、調理場を出ると四葩と一緒に鍵屋に向かった。兄が営業車として愛用しているバンがあるから在宅だと判断し、ノックとともに裏口を開ける。

もともと店舗だった鍵屋の裏口は、一般家庭とは違い土間の台所に繋《つな》がっている。いつもの調子で台所に入ろうとした多喜次は、兄の広い背中を認めて立ち止まった。背中に隠れていたが、そこに鍵師《かぎし》の弟子《でし》——未来の義姉、遠野《とおの》こずえがいることに気づいた。

「え、あ、ごめん！」

やばいところに来たことだけは理解した。とっさに後ずさると今度は後ろにいる四葩にぶつかる。小さな悲鳴に驚いてぎょっと振り返った。

「うお、ごめん!!」

「らいじょうふれす」

鼻を押さえる四葩に多喜次が慌てる。

「いや全然大丈夫じゃねーだろ！　っていうか、兄ちゃんもごめん」

「……気にするな」

こっちも大丈夫ではなさそうだ。腕から抜け出し脱兎《だつと》のごとく逃げ出したこずえを見て兄の肩がわずかに下がっていた。真っ赤になったこずえが柱にひっつき、鍵屋の看板猫、白猫の雪《ゆき》と一緒になって台所の様子をうかがっている。

「こ、こずえもごめん」

来客なら正面玄関から入るだろうし、風呂を借りに多喜次たちが訪れるなら店が終わったあと——まさか六時すぎという中途半端な時間に裏口が開くとは思っていなかったに違いない。兄が取り繕うように咳《せき》払いした。

「どうしたんだ？」

「え、あ、うん、ちょっと台所を貸してもらいたくて……で、出直そうか？」

「よけいな気を遣うな」

「だけど、今のってラブシー……」

「気を遣うな」

大きな手でがっちりと頭を摑まれた。ずいっと寄せられた顔が怖い。

「わ、わかった。台所使わせてください」

よし、と言わんばかりにポンポンと頭を軽く叩かれる。そのまま逃げるこずえをじりじり追い詰めはじめた兄を見て、多喜次はそっと視線を逸《そ》らした。

「に、兄ちゃんの趣味よくわかんねー。いやまあ、あれはあれで楽しいのかもしれないけど……あ、ここ使わせてもらえるから、えーっと、作り方わかる？」

「え、はい。……あの、あっちのお兄さんとお姉さんは」

「あれはスキンシップだから無視して大丈夫です。気にしないであげて」

こずえが雪を盾にしてなにやら攻防をはじめた。まあ、弟が来たからと遠慮されてはこちらがやりづらいので、彼らのペースで遊んでくれているのは助かる。

「あの調子だと結婚はまだまだ先かな」

多喜次が溜息《ためいき》をついていると、四葩は袖《そで》をまくり上げ背伸びをしつつ丁寧に手を洗った。三年前に一度習っただけなのに、肘《ひじ》までしっかり洗う姿が頼もしい。

練り切りに色をつけ、漉し器でそぼろにしたものを餡《あん》につけていく——きんとんの作り方は言葉にするととても簡単だ。そして、四葩は経験者である。彩色の方法もわかっていて、赤の食紅《しょくべに》を皿に取って少しずつ加え色を確認するように練っていった。

「青じゃないんだな」

多喜次が不思議そうにつぶやくと、四葩はうなずいた。

「日本は酸性の土壌《どじょう》だからあじさいが青くなるけど、ヨーロッパはアルカリ性の土壌だから、あじさいがピンクになることが多いってお父さんが言ってました」

日本では路地に青いあじさいが多く並ぶが、ヨーロッパではピンクのあじさいが並ぶ。その違いが興味深い。多喜次が感心していると四葩が自慢げに言葉を続けた。

「あじさいは日本原産なんです。土壌で色が変わる花が神秘的で、お父さんはすごく興味を持ったって。だから品種改良のお仕事も楽しくて、毎日花に囲まれて幸せだったって言ってたんです」

「――それで、故郷に咲くピンクのあじさいを?」

「きっと喜んでくれるから」

生き生きと答える四葩に多喜次はうなずく。かわいい娘が作ってくれたのだから、喜ばないはずがない。背後であれこれやっている兄たちは意識の外に追いやって、四葩の手元を注視した。納得する色になったのか、黄色をやや混ぜ、明るい色に染まった練り切りを漉し器に押しつけてそぼろを作る。丸めた餡にそぼろをつけていけば完成——のはずが、そのそぼろがなかなかうまくくっつかない。きんとん箸を使って刺すようにつけるが、すぐにぽろぽろと落ちてしまうのだ。何度も箸でつまむうちにそぼろは細かく崩れてしまった。改めて練り直して漉し器を通しもう一度きんとん箸で掴むが、今度は力を入れすぎてしまい、せっかくのそぼろが潰《つぶ》れた。

「お、俺がやろうか⁉　いや、俺も得意じゃないけど！」

「自分でやります」

「だ、だよな。うん。お父さんに持っていくんだもんな」

涙目で答えられて多喜次はおとなしく引き下がる。三年前はどんなできばえだったのだろう。今ですら手つきが怪しいのに、当時の四葩がきんとん箸を使えたとは思えない。だが、ここでそれを言うのはまずい。四葩の目的はあくまでも〝父親を元気づけるための和菓子作り〟なのだ。持っていく四葩本人が納得したものでないとだめなのだ。

しかし、多喜次の願いとは裏腹に、きんとん作りは難航した。

「ご、ごめんなさい、タキくん。お店、戻っていいですよ……？」

目をうるうるさせながら訴える四葩に多喜次は狼狽《うろた》えた。

「だ、大丈夫！　本当に忙しかったら呼びに来るから！　すぐ隣だから！」

かれこれ三十分がすぎた頃の四葩は見ていて可哀相《かわいそう》になるほどだった。ちなみに兄とその婚約者は飽きもせずじゃれ合っていた。

「う、羨《うらや》ましくなんてないぞ……!!」

懐いた猫を可愛《かわい》がりたい男と照れて逃げ回る飼い猫、という図式だ。さっさと結婚して落ち着いてくれないと見ているほうがモヤモヤする。無理に菩薩《ぼさつ》顔を作って耐えることさらに三十分、ようやく四葩がきんとん箸を置いた。努力のかいあって、四葩の作ったあじさいは可憐《かれん》で鮮やかだった。緑の練り切りで葉を作り、販売用のケースに入れる。

「お父さん、喜んでくれるかな?」

不安そうに確認されて、多喜次は勢いよくうなずいた。そして、時計を見てぎょっとする。七時をとうにすぎていたのだ。多喜次は大慌てで片づけをすませ、猫を交えていまだじゃれ合う鍵師たちにあいさつをした。

「ありがとう、助かった。兄ちゃん、もうさっさと結婚しろ!」

「言われなくても」

がっちりこずえをホールドしながら兄が答える。暴れるこずえに苦笑し、多喜次は四葩とともに鍵屋を出た。外はもう真っ暗だった。いつになく冷たい風に思わず身をすくめていると、青くなった四葩に服をひっぱられた。

「お、お姉さん、大丈夫ですか……⁉」

「大丈夫大丈夫。あの二人は超仲良しさん。それより、早く家に帰らないと！」

裏口から和菓子屋の調理場に入ると、疲れ切った祐と柴倉がぐったりと椅子《いす》に腰かけたまま多喜次たちを出迎えた。まさに満身創痍《まんしんそうい》である。

「お、お疲れ様です。あの、通夜用のまんじゅうは……」

「作り終わって祐雨子さんが運んでる。都子さんはつい十分前に帰宅」

柴倉が答える。つまりは十分前までここは修羅場だったということだ。

「なんで仮通夜でもないのにこんなぎりぎりに注文入ったんだろう。通夜の注文ってもう少し早く入るものなのに」

「愚痴《ぐち》るな、柴倉。いろいろあるんだよ」

珍しくくだを巻く柴倉を止める祐の声にも覇気《はき》がない。

「で、タキのほうは無事にできたんだろな……って、まだ帰してなかったのか！　何時だと思ってるんだ⁉　すぐ家に連絡を——」

「大丈夫です。これからすぐに帰ります」

血相を変えて電話をかけようとする祐を止め、四葩がぺこりと頭を下げた。

「ありがとうございました！」

「――タキ、送って差し上げろ」

「いえ、平気です」

慌てて断る四葩に、祐は椅子から立ち上がって真摯《しんし》な眼差《まなざ》しを向けた。

「女の子が夜道を一人で歩くもんじゃない。タキ、いいな？　ちゃんと家まで連れていくんだ。玄関までだぞ」

「わかりました」

多喜次は道具を置くと四葩をうながして外へ出た。徒歩で移動するには少し距離があったのでバスに乗ることにした。若い男と小学生という組み合わせは珍しいらしく、運転手にじっと見つめられ、バスの利用者もちらちらと見てきた。

「どうしよう、通報されたら職務質問《職質》されて交番に連行されそう」

「ごめんなさい」

「いやいやいや、大丈夫！　俺の気持ちの問題!!　見た目あんまり善良そうに見えないっていうか、犯罪者ではないんだけど、シチュエーションとしてはアウト的な？」

「わ、私、もしお巡《まわ》りさんに話しかけられてもちゃんと説明できます！　タキくんとってもいい子だって！」

「あ、ありがとう。俺も自分のこといい子な気がしてきた」

心中複雑だ。バスを降りてふらふら歩くと、黒い服を着た人に行き合った。小声で交わす言葉は聞こえなくても、彼らが通夜の帰りだということは服装や雰囲気から見て取れた。五百箱注文が入ったというまんじゅうの届け先かもしれない。亡くなったのはずいぶん若い人だったのだろう。高齢者もいるが、二十代、あるいは学生服を着た子どもたちが親とおぼしき人とともに歩いているのが多く目についた。

「家、こっちで合ってる？」

多喜次が問うと四葩はうなずいた。小走りになっているのは、父親に作ったばかりのあじさいを見せたいからに違いない。息が弾《はず》んでいる。

「そんなに急いだらせっかく作ったお菓子が崩れるだろ」

多喜次が声をかけると四葩は足を止め、両手でしっかり持っていた和菓子を確認してほっと胸を撫《な》で下ろした。

「崩れてない。大丈夫。お父さん、びっくりするかな」

「びっくりする」

「喜んでくれる？」

「もちろん」

「――笑ってくれると、いいな」

ささやかな、本当にささやかな願いだった。

喪服の人たちはますます多くなり、辺りの空気が湿っていく。浮かれる四葩とは対照的な光景だった。

「あれが私の家！」

やがて、四葩が一軒の家を指さした。それはどこにでもある、広いバルコニーと小さな庭を持つごくありふれた一軒家だった。白い壁に大きな窓。きっと、悩み抜いた末に購入したに違いないマイホーム。

その家の門には提灯《ちょうちん》がぶら下がり、喪服の人々が吸い込まれていく。庭には受付台が置かれていた。玄関には忌中札《きちゅうふだ》が。

「ま、待て、だって、ここは……」

家の中から聞こえてくる読経《どきょう》に混乱し、多喜次は門をくぐろうとする四葩に声をかける。そんな多喜次を呼ぶ声があった。

「多喜次くん！　あの、さっきの女の子――」

立ち尽くす多喜次のもとに祐雨子が駆け寄る。そして彼女は、多喜次が見つめる先――門をくぐる四葩を見て驚愕の表情になった。

「祐雨子さん、ここ、あの子の家で、なんで、これ、まさか、これじゃあ……」

「亡くなったのは本条さんです。本条ライアンさん。四葩ちゃんの、お父さんです」

多喜次はよろめき、ぶつかった祐雨子に支えられてようやくわれに返った。ごめん、そう言った声がかすれている。

「昨日、入院中に容態が急変して亡くなったそうです」

「……昨日……」

「四葩ちゃんの行方がわからないってお母さんがおっしゃって、かくれんぼうが好きだから、どこかに隠れてるんだろうと捜していたそうなんです。だから今、多喜次くんの携帯電話に連絡を入れようと思っていたところでした」

「――お父さんが、亡くなってた……？」

次々と訪れる弔問客《ちようもんきやく》を見ながら多喜次はあえぐ。悲鳴のような叫び声が聞こえてきたのはそのときだった。多喜次と祐雨子ははっと顔を見合わせ、同時に玄関へと向かう。ただならぬ雰囲気に弔問客はざわめき、受付台に控えていた人たちもなにごとかと玄関を見る。多喜次は弔問客をかき分け、玄関で靴を脱ぎ廊下に上がった。

皆の視線が集まっているその先――十畳ほどのリビングの奥に畳の空間があり、そこに花祭壇《はなさいだん》とともに故人の写真が飾られていた。彫りの深い、ライトブラウンの髪の優しげな男性だった。

そして四葩は、驚く皆の前で棺桶《かんおけ》の小窓を開け、先刻作った和菓子を食べさせようと身を乗り出していた。

「お父さん、これ、私が作ったの。前よりずっと上手にできたんだよ」

四葩は必死で呼びかける。真っ青になってそんな四葩を止める女性がいた。目元の辺りが四葩とよく似ている。きっと母親なのだろう。

「やめなさい、四葩！」

「これ食べたら元気になるよ。お父さん、ねえ、食べてよ。私、お父さんのために頑張って作ったんだよ……!!」

辺りがざわめく。四葩は母親の手を振り払い、なおも棺桶に取りすがる。読経の声は途切れ、ざわめきがますます大きくなった。

「お父さんはもう死んじゃったの！　だからなにも食べられないの！」

「違うもん！　お母さんのいじわる！」

潰れた和菓子を取り落とし、四葩は癇癪《かんしゃく》を起こしたように叫んだ。再び摑んできた母親の手を払い、踵《きびす》を返すなり脇をすり抜けるとまっすぐ玄関に向かって走った。とっさに止めようとした多喜次だが、素早い動きに反応できず、小さな体を取り逃がしていた。

「四葩、待ちなさい！」

「俺、追いかけます！　あ、つつじ屋です！」

四葩のあとを追おうとした母親を制し、多喜次はそう言い置いて靴を履く。

「私も行きます」

「祐雨子さん、着物で走れる？」

「ブーツですから走れます」

祐雨子が靴を履くのが待ちきれず、多喜次は「先に行ってるから」と、とりあえず玄関を出る。不思議そうな顔をする弔問客をつかまえて、

「女の子が走っていきませんでしたか？」

手短に尋ねると、門を出て西へ向かったと教えてくれた。だが、街灯だけでは暗くて通りを見渡せず、四葩の姿も見つけられない。走り出したところで祐雨子が追いつき隣に並んだ。

「こっちですか？」

「うん。とりあえず、二手にわかれて捜そう。連絡はスマホで」

「わかりました」

多喜次は祐雨子とわかれて夜の町を走る。

目をこらし、大声で四葩の名を呼ぶが、少女の姿はどこにもなかった。

2

四葩は父親の死を受け入れていない。

当たり前だ。大人のように割り切ったりはできないだろう。大人だって、大切な人の死を受け入れられないことがままあるのだから。

「四葩ちゃん！　どこですか⁉　お家《うち》に帰りましょう、お母さんが心配しています！」

祐雨子は懸命に訴える。公園が近くにあった。もしかしたらいるのではないかと遊具を一つずつ覗《のぞ》いてみたが四葩の姿はなかった。木の陰《かげ》、建物の隙間《すきま》、コンビニやファミレスに入り込んでいるのではないかと店員に声をかけるも首を横にふられてしまう。辺り一帯を捜し回り、通りがかった人にも尋ねたが、四葩の行方はわからなかった。

「他に子どもが行きそうなところ……」

通い慣れた場所、知り合いの家、隠れられる場所——あるいは。

「だ、誰かに、連れ去られたなんてことは、ありませんよね？」

しっかりした子だから声をかけられてもついていったりはしないだろうが、強引に車の中に押し込まれたら抵抗なんて簡単に封じられてしまう。辺りは暗く、人通りも多いとは言いがたい。

　ここは四葩にとって危険な場所だった。

「四葩ちゃん！　返事をしてください!!」

　声を張り上げるが反応はない。息を切らして十分ほど捜し回ったとき、携帯電話が鳴った。多喜次からである。見つかったという吉報を期待して出てみたが、彼の返答は芳《かんば》しいものではなかった。

「警察に相談したほうがいいですよね？」

　このまま見つからないとなると事件に発展しかねない。

『う、ん。やっぱそうなるよなあ。子どもの行ける距離なんてたかがしれてるし、これだけ捜して見つからないとなると……あ、ちょっと待って！　病院の名前わかる？　あの子の父親が入院してた病院！』

　父親はすでに〝退院〟し、今は自宅にいる。そんなことは四葩もわかっているはずだが、父親の死を受け入れていない少女なら、あるいはそこにいるかもしれない。

「折り返します！」

　祐雨子はいったん電話を切り、緊急用に登録してあった本条家へと電話をかける。そして、病院名を聞くと多喜次へと再び電話をかけた。

「お父さんが入院していたのは花城《はなしろ》総合病院です。ここから近いです」

祐雨子の言葉に、息を呑《の》むような間があった。

『行こう』

多喜次は短く告げる。移動途中で合流し、祐雨子たちは四葩を捜しつつ病院へと向かった。時刻はすでに八時をすぎ、緊急外来からしか院内に入れないようになっていた。

「本条四葩ちゃんは来ませんでしたか？　七歳の、外国人みたいな子です」

「本条？　ああ、あの子か。……今日は見てないなあ」

見た目は外国人、名前はバリバリの日本人ということでさすがに目立つらしく、受付にいる職員の覚えもよかった。しかし彼は、多喜次の問いには首をひねった。

「お……お父さんが、入院していたのは何号室ですか？」

「お父さん？　えっと、フランスの人だっけ？　名前は、えーっと、なんだったかなー」

うんうんうなりながらパソコンをいじる。

「ああそうだ、ライアンさん！　五〇一号室だ。あれ、でもこの表示……」

パソコン画面を見て職員が眉をひそめる。

「こちらに四葩ちゃんが来ていないか確認してもいいでしょうか？　免許証です」

多喜次の脇からひょこりと顔を出した祐雨子は、帯の間から取り出した小さな財布から身分証明書として免許証を取り出して職員に見せる。彼はメモをとり、面会時間は過ぎているからできるだけ早めに戻ってくるように言って祐雨子たちを通してくれた。

表に書かれている面会時間は七時半までとなっているが、院内には入院患者の身内らしい人たちが歩き回っていた。中にはサロンと呼ばれる談話室でお茶を飲みながら世間話をしている人たちもいた。祐雨子と多喜次はエレベーターホールに向かうと五階へと移動した。花城総合病院は一、二、三階が外来用の診察室や検査室になっていて、四階から七階までが入院患者用の病室になっている。五階は循環器《じゅんかんき》系の患者が多く入院している階だった。

集中治療室があり、ナースステーションを挟んだ反対側が五〇一号室になっている。そこは、重篤《じゅうとく》な患者が入院する病室だった。

祐雨子は多喜次と視線を交わし、まっすぐナースステーションに向かった。

「すみません」

声をかけるとモニターに見入っていた看護師が顔を上げ、カウンターへとやってきた。

「こちらに本条四葩ちゃんは来ていませんか？」

「本条四葩ちゃん……ああ、ライアンさんの娘さんの？　大変申し上げにくいんですが、ライアンさんは昨日……」

「知っています」

多喜次が短く答えると、看護師は口を閉じ、様子をうかがう他の看護師に視線を送ってから祐雨子たちに向き直った。

「娘さんの姿は見ていません。守衛に連絡を……」

受話器を手にする看護師を、祐雨子と多喜次は慌てて止めた。

「こちらにいるとは限らないんです。だから少し病室を確認したくて」

祐雨子が訴えると多喜次が言葉を継いだ。

「今、五〇一号室に患者さんは……」

「お一人です。もうお休みになっているので静かにお願いしますね。なにかあったらここにいますから呼んでください」

了解を得て祐雨子たちはさっそく五〇一号室へと向かう。四つあるプレートのうち、一番奥の一つだけが埋まっている。室内は暗く、奥のベッドだけ医療用のカーテンが引かれていた。看護師の言葉通りすでに休んでいるらしく苦しげな寝息だけが繰り返されている。不安になって祐雨子は無意識に多喜次の腕を掴んでいた。驚いたように振り返った彼にはっとわれに返って手を放すが、一拍おいて手を掴み返された。

「俺もこういうところ、慣れてない」

小さく訴えられて祐雨子は目を瞬《またた》く。夜の病院は独特の暗さと空気があって緊張する。言葉通り、祐雨子の手を握る多喜次の手がみるみる湿っていく。

「ごめん、手汗が……!!」

今度は多喜次が手を放す。祐雨子は離れていく彼の手を両手で掴んだ。

「こ、このままでお願いしますっ」

こんな状態で放置されたらますます不安になる。懸命に祐雨子が訴えると、多喜次は赤くなりながらなぜだか「ありがとうございます」と礼を言い、よろよろと病室に入った。そしてそのまま間仕切り用に設置されている木製のロッカーに突進する。

祐雨子は慌てて多喜次の手を引いた。

「多喜次くん、しっかり！」

「ご、ごめん、大丈夫。ちょっと混乱しただけ」

咳払いした多喜次は携帯電話のライトをつけた。だが、ぐるりと見回しても四葩の姿はない。病室内の探索はあっという間に終わってしまった。

「他にどこか行きそうな場所はないんでしょうか？」

「……うーん、あの子の話だと、ずいぶん病状が悪かった印象なんだよな」

「そんな話をしてたんですか？」

「そうじゃなくて、あとあと考えるとってこと。たまに家に帰ってても辛そうだったたって言ってたんだけど……たぶん、入院の途中で何度か帰宅してるって意味だったんだと思う。もしかしたら、三年前から調子があんまりよくなかったのかもしれないなあ」

「そんなにも前から？」

「忙しいとさ、どうしても病院って後回しになったりするだろ。亡くなったお父さんはフランス語の講師で、定期的な健康診断を受けてたかどうかも怪しいだろうし」

個人塾の講師なら自腹で健康診断ということになりかねない。そうなると時間もお金も必要だから先延ばしにしてしまう。そして、体に異変が起こってからようやく病院に行き、大病の告知を受ける――おそらくは、誰もが囚《とら》われてしまう不幸なのだろう。

もう一度入念に病室を見回し、多喜次は肩を落とした。

「別の場所かなあ。お父さん大好きだったみたいだし、仕事場とか」

「多喜次くんが四葩ちゃんと会った場所は？」

「櫻庭神社。……あそこは違う気がする。たまたま待ち伏せされて……あっ」

「な、なにか閃《ひらめ》きました？」

「ごめん、違う。書道教室、もともとあの子が行ってたんじゃないかと思って。お父さんの病状が悪化して、通えなくなって席があいたのかも。俺が和菓子職人見習いだって知ってたし」

　そうなると、櫻庭神社を捜すのはあまり意味がないだろう。

「お友だちの家とか。……やっぱりお母さんと相談して警察に連絡を入れたほうがよさそうですね。これ以上遅くなるのは心配です」

「そうだな」

　多喜次はうなずき、病室のドアに触れる。

　そのとき、どこからともなく小さな音がした。祐雨子と多喜次は反射的に振り返り、閉じられたカーテンを見た。入院患者を起こしてしまったと思ったからだ。だがそこからは寝息が聞こえるだけで、これといった変化はない。

　音は別の場所から聞こえてきたのだ。

　祐雨子は多喜次と視線を交わす。ごく近い場所から聞こえてきた音。互いの手をそっとほどき、祐雨子たちはロッカーの前に移動する。

「――かくれんぼうが好きだって、言ってた」

　多喜次はロッカーに手をかけた。入院患者が衣服や日用品などをしまうために用意されたキャスターつきのロッカー。開けるとそこに、膝《ひざ》をかかえるように四葩がいた。

「四葩ちゃん」

祐雨子の呼びかけに、四葩の肩が小さく揺れた。

「お家に帰りましょう。お母さんが心配しています」

四葩は顔を伏せたまま首を横にふった。

「お父さんが捜しに来るまでここから出ないもん」

声が涙で湿っていた。強引に連れ出すことはできる。腕を引き、家まで連れていけばそれで一件落着だ。だがそれではだめなのだ。

祐雨子は四葩と視線を合わせるように膝を折った。

「四葩ちゃんは、自分の名前の意味を知っていますか？」

ぎゅっと四葩の手が腕を摑む。「知ってます」と小さな声が返ってきた。さっきまでの子どもらしい口調とは打って変わって、その声はどこか落ち着いたものだった。

「お父さんが、フランスであじさいの品種改良をしていたんです。四葩は、あじさいって意味です」

四葩の言葉に祐雨子はうなずく。

「フランスでは薔薇《ばら》がとても愛されています。そして、そんなフランス——ヨーロッパで、あじさいは東洋の薔薇と呼ばれているんです。フランスでも愛されたあじさいは、たくさんの人たちの努力で今のような美しい姿になりました。その大切な名前を、お父さんはあなたにつけたんです」

　祐雨子は激しく震える小さな肩にそっと触れた。

「今、お父さんのそばにいてあげないと、四葩ちゃんはきっと後悔すると思います。だから帰りましょう。ありがとうって、ちゃんと伝えましょう」

　顔を上げた四葩は両目にぐっと力を入れていた。泣くまいとするその姿に、祐雨子はゆっくりとうなずいてみせた。だが、四葩はやはり首を横にふった。

　そして、わななく唇を小さく開く。

「いい子にしてたらお父さんが帰ってくるって言ったの」

　言葉と同時に涙があふれた。

「だ、だから一生懸命いい子にしてたの。だけど帰ってこられなくて、だから、お父さんに、嘘《うそ》つきって、言っちゃったの。だから、だから、お父さんが……!!」

　嗚咽《おえつ》でそれ以上は言葉にならなかった。祐雨子はとっさに四葩を抱き寄せ、小さな背中をさする。細い肩にたくさんのものを背負ってきたのだろう。精一杯元気に振る舞って、行儀よくして、大好きなお父さんが戻ってくるのを待っていたのだ。

　店に訪れたときの姿を思い出し、祐雨子はそっと目を伏せる。

「大丈夫です。お父さんはちゃんとわかってくれています」

「ご、ごめんなさいって、言えなかったの」

「四葩ちゃんが優しい子だって、お父さんはちゃんと知っています。だから……」

泣かないで、なんて言えるはずもない。

こんなに小さな子どもなのに、声をあげて泣くことさえしない。

懸命に自分を抑えようとする姿が切なくて、祐雨子は抱きしめる腕に力を入れた。

そうしてひとしきり泣いた少女は、弱々しい声で「ごめんなさい」と謝罪してきた。祐雨子が四葩の涙をぬぐうと、多喜次がぐいぐいと形のいい頭を撫でた。

「帰れますか?」

問いかける祐雨子の顔をまっすぐ見つめ、四葩がこくりとうなずく。いろいろなことを我慢してきた子なのだ。仕草や表情がそれを伝えてくる。

立ち上がった四葩の足下を見て、祐雨子と多喜次は同時に「あっ」と声をあげていた。彼女は靴を履いていなかった。

「おぶされ」

さっと多喜次が背を向けると、四葩が首を横にふった。

「歩けます」

「――わかった、お姫様抱っこだな?」

すかさず両手を差し出す多喜次を見て、四葩は慌てて彼の背中にくっついた。よしよしと、多喜次は四葩をおぶって立ち上がる。多喜次の背中をじっと見つめた四葩は、確かめるように肩をポンポン叩いてから「小さい」とつぶやいた。

「成長途中なんだよ」

多喜次が肩を落とすと、四葩はぴたりと背中に頰《ほお》を押しあて目を閉じた。きっと父親の背中を思い出しているのだろう。目尻にたまった涙がシャツに吸い込まれて消えていく。

一瞬だけ動きを止めた多喜次は、気づかないふりをして祐雨子へと視線をよこす。

病室を出ると、なかなか戻ってこない祐雨子たちを心配したのか看護師がナースステーションから出てくるところだった。

「あ、ライアンさんのお嬢さん、見つかったんですか？」

「はい。これから自宅に連れていきます」

先に行く多喜次を目で追いつつ祐雨子は看護師に頭を下げた。

「申し訳ありません、全然気づきませんでした」

昼間と違い夜間は人も少なく、カウンターに隠れて移動されたら見逃すのも不思議はない。受付の職員のこともあるので祐雨子はそれ以上なにも言わず、お礼を言って多喜次のあとを追った。

病院から出ると、祐雨子は本条家に連絡を入れた。

『四葩は⁉　見つかったんですか⁉』

叫ぶような声に、母親の動揺が伝わってきた。

「はい、見つかりました。これから戻ります」

『一体どこに――』

「病院です。お父さんが捜しに来てくれるのを待っていたみたいです」

祐雨子の言葉に息を呑むような音が返り、小さく嗚咽が続いた。

祐雨子は唇を噛みしめ、多喜次に背負われた四葩を見る。

「私が口を挟むことではないのは十分承知しています。でも、これだけは言わせてください。どうか四葩ちゃんを叱《しか》らないでください。どんなにしっかりしていても、四葩ちゃんはまだ――」

『はい。まだ、たったの七歳です』

涙声だった。

『まだ、七歳だったんですよね』

母親もきっと必死だったのだ。妻として病床の夫を支え、母として娘の世話をし、これからの不安をかかえながら仕事にも追われていたのだろう。

立ち止まって冷静に周りを見渡すには、まだまだ時間が足りない。それでも彼女は、愛する人の忘れ形見である大切な娘とまっすぐ向き合おうとしてくれている。

『ありがとうございます。本当に、お世話をおかけしました』

深く頭を下げる姿が受話器越しに伝わってくる。

「いえ、こちらこそ――出過ぎたまねをして申し訳ありませんでした」

通話を切って、今度は『つつじ和菓子本舗』に電話をかける。いつもの癖だった。とうに終業時間であることを思い出し、電話が転送されるのを待つ。だが、転送される前に繋がった。いつもならとっくに帰宅している時間にもかかわらず電話に出たのは祐だった。

「すみません、ちょっとトラブルが」

『本条さんから連絡があった。娘さんは見つかったのか？』

一番にそう尋ねられ、祐雨子はほっと息をついた。

「はい。今から本条さんの家に行って、それから戻ります」

『わかった。ご苦労だったな。気をつけて戻ってこいよ』

「――はい」

祐の声が胸にじわりと染みこんでいく。

「祐雨子さん？」

いつまでたっても来ない祐雨子を心配したのか多喜次が足を止めて振り返る。祐雨子は携帯電話をしまい、小走りで多喜次の隣に並んだ。

本条家の通夜はすでに終わっていて、親族だけが集まって故人を偲《しの》びながら食事をしていた。

「通夜ぶるまいと言います」

教えてくれたのは祐雨子だ。十年ほど前に祖母が他界したときは、通夜も葬儀も斎場を使ったため、多喜次にとってはじめて見る光景だった。

「本当にありがとうございました」

四葩の母は、多喜次たちが恐縮するほど丁寧なお辞儀をした。

「四葩も、ごめんなさいね。お母さん、ひどいことを言ったわ」

新しい靴下に履き替えた四葩は、母親をじっと見つめてから首を横にふった。ぎゅっと摑んでいた多喜次のシャツから手を放し、躊躇《ためら》いがちに一歩前に出て頭を下げた。

「ごめんなさい」

様子をうかがっていた親族たちが安堵《あんど》したように笑顔を交わす。いろんな場所からねぎらいの言葉が飛んできて、多喜次たちはそのたびに会釈《えしゃく》を返した。父親の両親は明日の便で日本に着くということで、集まっているのは母方の親族ばかりだった。

四葩は祭壇に花とともに置かれた和菓子に気づく。うかがうように母親を見て、うなずくのを確認してから和菓子を手に取って棺桶に近づいた。

親族に棺桶の蓋を開けてもらい、父親の顔を覗き込んで目に涙をいっぱいためる。

「お父さん、お父さんが好きなあじさいだよ」

両手で慎重に胸の上に置いて、そして少女ははじめて声をあげて泣いた。

3

多喜次は自分の右手をじっと見つめ、にぎにぎと動かし左手でそっと包む。

「気持ち悪いやつだな！」

にやけていたら柴倉に奇異の目を向けられた。だが、そんなことなど気にもならなかった。四葩を捜すために向かった病室内が思った以上に暗くて緊張していたとはいえ、祐雨子と手を繋いでしまったのだ。

ほっそりと冷たい手は柔らかく、思い出すだけでドキドキする。

あれから三日たつが、なにかあると手を眺め、多喜次は余韻《よいん》に浸るのだった。

いつものように小豆《あずき》をよりわけていると、調理場から祐雨子がひょこりと顔を出した。

「手伝います」

祐雨子は多喜次の隣に丸椅子を置く。

ついつい指先を見つめてしまう多喜次は、一つ咳払いをしてから口を開いた。

「祐雨子さんってあじさいの別名知ってたの?」

「〝四葩〟ですか? 三年前――四歳だった頃の四葩ちゃんは今よりもっと明るい髪色で、もう見るからに外国人っていう感じだったんです。そんな女の子の名前が聞き慣れない日本語だったので調べたことがあったんです」

母親が日本人だから日本語の名前だと流してしまわずに、祐雨子は疑問を好奇心に変えて調べたのだ。そして行き着いたのが日本の梅雨の風物詩。

「――あじさい」

「はい。そのときに東洋の薔薇ってフレーズも覚えたんです。一説によれば椿《つばき》なども含まれるそうなんですが、華やかな薔薇にたとえるのが素敵だなあって思って」

「……職人は学《がく》もいる、か」

櫻庭神社の宮司《ぐうじ》に言われた言葉を思い出す。本当にいろいろと考えさせられる一件だった。祐雨子の手を握ったと浮かれている場合ではない。

「あの子、大丈夫かなあ」

父親のために頑張ってきた女の子。今ごろまた無茶をしていないか、そう考えるとそわそわしてしまう。

「――こっそり様子を見に行きます？」

内緒話をするようにささやかれ、耳にかかる吐息に多喜次は赤くなった。少女に対する懸念が、あっという間に祐雨子への思慕にすり替わって激しく狼狽える。

「様子って」

「四葩ちゃんのことが心配なんですよね？」

「そ、そうだけど、ちょっと待って！」

祐雨子を押しのけ、耳を押さえた多喜次が涙目で睨む。だが、状況を理解していない彼女はきょとんとしていた。

彼女はそもそもが無防備すぎる。他意はないとわかっているのに惑わされてしまう。

「――待つんですか？」

「いやそうじゃなくて、いやそうなんだけどっ」

混乱する多喜次に祐雨子が首をかしげる。ぐうっと喉《のど》を鳴らした多喜次は、祐雨子の後頭部に手をやって彼女の耳に顔を近づけた。息を吹きかけるだけのつもりだったのに、勢いがつきすぎて彼女の耳たぶに唇がぶつかってしまった。

「ご、ごめ……っ」

——そのまましゃべってしまったのもまずかった。

今度は祐雨子が赤くなる番だった。耳を押さえて多喜次から離れた彼女の目は、驚きに見開かれてまん丸だ。なにか言おうとしたらしく口を開閉させるも言葉が出ていない。

「反省しましたっ」

意図は伝わったらしく、祐雨子は耳まで赤くして絞り出すようにそう告げた。

「いや、反省っていうか、やめてほしいとかじゃなくて」

むしろ大歓迎だ。ただし、無邪気にやられるとちょっと辛い。もごもごと言葉を探していると、引き戸が開いて女性が入ってきた。そこで二人の会話が途切れる。

「いらっしゃいませ」

同時に立ち上がって、多喜次は直後に「あっ」と声をあげてしまった。

入店したのは四葩の母親だったのだ。シンプルなシャツとパンツ、化粧っ気のない彼女は、以前よりやつれて見えた。

「あの……四葩ちゃんは？」

祐雨子が不安げに問いかけると、四葩の母は硬い表情を崩して微笑《ほほえ》んだ。

「夫の両親がフランスから来ていて、面倒を見てくれています。……夫が愛した国を見たいって、しばらくこちらに滞在するそうで、そのあいだ、四葩の話し相手になってくれているんです」

涙ぐんだ彼女は、カバンから取り出したハンカチで目元を軽く押さえた。

「四葩はお父さんのことが大好きで、おじいちゃんとおばあちゃん相手にずっとお父さんの話をしてるんです。話して、泣いて、また話して……あの子なりにそうやって、死を受け入れようとしているんだと思います」

「そう、ですか」

祐雨子もつられて涙ぐむ。

四葩の母は、ふっと表情を引き締めた。

「それで、折り入ってご相談したいことが……」

深刻な表情で切り出され、多喜次は思わず身を乗り出した。彼女がなにを頼みに来たのか、その様子だけで悟ったからだ。

「お受けします」

多喜次の言葉に四葩の母は驚いたような表情になった。

「あの、まだなにも……」

「月命日に、あじさいの練り切りですよね？　お受けします。──で、いいですよね、おやっさん」

背後から様子をうかがう祐の気配を感じ取り、多喜次は振り向きざまにそう尋ねた。のれんをひょいと持ち上げて店内に入ってきた祐は、多喜次を見て「落ち着け」と制する。

「本条さんは練り切りがほしいんじゃない」

「え？　でも……」

「──娘さんが作った練り切りをお供えしたいってことでよろしいですか？」

戸惑う多喜次を押しのけて、祐は姿勢を正して四葩の母親に問う。さらに驚いた顔になった彼女は、躊躇うようにしながらもうなずいた。

「ご迷惑なのはわかっています。でも、しばらくの間は……」

口ごもる四葩の母親に、祐はこころよく応じた。

「もちろんお引き受けいたします。──タキ、やれるな？」

「い、いいんですか？」

「調理場は使わせてやれないから、鍵屋に頼むことになる。隣と交渉できるならお受けしろ。材料はこっちで用意する」

「ありがとうございます！」

多喜次は祐に礼を言うなり四葩の母親に向き直った。

「あの、俺まだ見習いの職人ですけど、俺でよければお手伝いさせてください」

「本当にいいんですか……？」

「ぜひ！」

多喜次がうなずくと、四葩の母親はぽろぽろと泣きだした。

「すみません、夫が生きていた頃はこんなに涙もろくなかったのに……」

四葩の母は涙を拭きながらそんなことを口にする。それから彼女は帰りを待っている娘と義父母のために和菓子をいくつか買って帰途についた。

見送った多喜次は、ちらりと祐を見る。

「よかったんですか？　受けて」

「――健気《けなげ》な娘の話を聞いたら放っておけないだろ。だいたい、お前こそ、仕事が増えて大丈夫なのか？」

「俺は全然」

多喜次がそう返すと、話を聞いていた祐雨子がそれはそれは嬉《うれ》しそうな顔で微笑んだ。

仕事が増えて大変だなんて微塵《みじん》も思っていないが、祐雨子がそうして認めてくれるのは一番のエールである気がして多喜次はますます張り切るのだ。

「きんとんもいいけど、今度は違うパターンの和菓子を提案してみます」

力いっぱい宣言すると、祐は「お、おう」とうなずいた。

「物好き。そんなにやること増やしてどうするんだよ」

呆《あき》れるのはのれんの下から首だけ出す柴倉だ。

「悪いな。俺ばっかり仕事もらって」

神妙な顔で謝罪すると、柴倉が鼻先でひょいひょいと手をふった。

「いや羨ましくないから。羨望《せんぼう》の眼差しとか勘違いだから！」

「――少しでも、役に立ってればいいんだよ」

多喜次は小さくそう返し、拳を握る。

そして、再び開いた引き戸に向き直るのだった。

第三章　歌う料理人

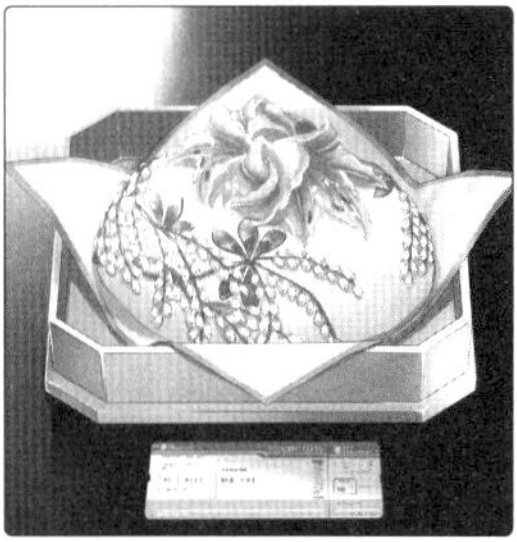

1

景気のいい話が舞い込んできた。駅裏にある老舗《しにせ》料亭『まつや』の跡取り息子が三週間後に結婚するというのだ。料亭とあって披露宴は店でおこない、紅白まんじゅう百箱の注文が入った。後日、結婚の報告に使うため二百箱ほど追加注文が入っていた。

披露宴の目玉は、ウエディングケーキの代わりに出される蓬莱《ほうらい》まんじゅうである。

「……ほ、蓬莱まんじゅうってなんだっけ？」

多喜次《たきじ》が祐雨子《ゆうこ》に尋ねた。蓬莱まんじゅうはお祝いのときに作られるものだが、『つつじ和菓子本舗《わがしほんぽ》』でも滅多に注文は入らない。

「蓬莱まんじゅうは、子持ちまんじゅうとか子宝まんじゅうなんて呼ばれることもある京菓子です。おまんじゅうの中に小さなおまんじゅうがたくさん入っているんですよ」

「……おまんじゅうの中におまんじゅう？」

「はい。蓬莱山は知っていますか？　中国の神仙伝説に出てくる不老不死の仙人が住む山で、それを模したものが蓬莱まんじゅうだと言われています。おまんじゅうを作るときに使われる白は天命、赤は無病、緑は徳、黄は財力、黒は長寿という意味があり、それを順に重ねて大きなおまんじゅうを作る場合と、赤、緑、黄の三色で小さなおまんじゅうを作って餡《あん》で包み、その上からさらに皮で包んでおまんじゅうにする二つのパターンがあります」

「うちは小さなおまんじゅうを作るパターン？」

「はい。おまんじゅうの表面には、練り切りなどで模様を入れたり、食紅《しょくべに》で字を書いたりすることもできます。祝、ご成婚、みたいな」

「特注のおまんじゅうか。料亭の披露宴ってすごいんだなあ」

「素敵ですよね」

大きなおまんじゅうを想像してうっとりしていたら電話が鳴った。出てみると櫻庭《さくらば》神社の宮司《ぐうじ》からだった。受話器越しでもわかる艶《つや》っぽい声で薄皮まんじゅうを注文する。

「多喜次くん、店番をお願いします」

祐雨子は箱に薄皮まんじゅうを十個入れる。祐《たすく》に声をかけていると電話が鳴り、多喜次が取った。いってきます、と、口の動きだけで声をかけ、祐雨子はそのまま店を出た。祝い事で店中が浮かれているようだった。

「『まつや』さんっていえば、確か、恩田《おんだ》くんの家ですよね。恩田修一《しゅういち》くん」

小中学校と同じで、同窓会でも何度か見かけた記憶がある。子どもの頃は短髪で元気な少年だった。やや無鉄砲《むてっぽう》で、料亭の跡取りなのに調理実習では先生が真っ青になるくらい豪快に指を切り、鍋《なべ》をひっくり返しては火傷《やけど》をする、少しそそっかしい子どもだった。

「……しかも、味覚も微妙だったような……？」

んん？　と祐雨子は首をかしげる。祐雨子もまったく人のことは言えないのだが、恩田修一は塩と砂糖をしょっちゅう間違えていた。味つけがおかしいのに「うまい」と言ったり、「まずい」と調味料を過剰に追加してしまうこともあった。くわえて盛り付けのセンスは誰もがおののくほど壊滅的だった。とにかく美しくないのだ。食欲を減退させる絶妙な飾り方で攻めてきて、先生からはいつも「個性的」という評価をもらっていた。

「……恩田くんは……料理だめでしたよねえ……」

ほのかに芽生える仲間意識に祐雨子は少し複雑な心境だった。

だが、地元に戻って挙式するなら跡取りとして正式に認められたということなのだろう。凱旋《がいせん》だ。どこか遠い場所で板前修業をしていたに違いない。

「一番最近会ったときはどうでしたっけ？」

お届け物の薄皮まんじゅうを手に目的地に向かいながら記憶を掘り起こすも、思い出すのは定期的に会っている高校の頃の友人の顔ばかりだった。

うなり声をあげていると、どこからともなくギターの音色が聞こえてきた。低くゆったりとした歌声がギターの音色に混じって広がっていく。公園のベンチに腰をかけた男がギターを弾《ひ》いていた。赤いマフラーを肩にかけ、シンプルなジーンズにカジュアルな革製のドレープブーツ、長めの髪を無造作に流しているのが痩身《そうしん》の男によく似合う。

「ね、あの人、よくない？」

「弾き語りって珍しいね。声かける？」

駅に向かう制服姿の女の子がきゃっきゃとはしゃぐ。祐雨子は弾き語りの男を見つめて小首をかしげた。知り合いにギターをたしなむ男子はいないはずなのに、なぜだか彼の横顔に見覚えがあったのだ。だが、それほどテレビを見ないので、たとえ有名人でも覚えているかどうか怪しい状況である。

再びうなり声をあげた祐雨子は、はっと閃《ひらめ》いた。

「恩田くん⁉」

今度結婚する料亭の跡取り息子。不器用、味音痴、センスなしの不幸な彼だ。

「あれ？　なんだ、蘇芳《すおう》か。久しぶりー」

ギターの弦《げん》から指を離し、恩田修一が手をふった。

「恩田くん、なにやってるんですか？　まさか結婚資金の調達ですか⁉」

「これで集めようと思ったら十年以上かかるって！」

駆け寄る祐雨子に快活な笑みを向け、彼は弦を適当に弾きながらちらりと駅を見た。

「彼女が来るの待ってるんだ。さっきメールで遅れるって連絡あってさ」

手持ち無沙汰《ぶさた》で一曲弾いていたということなのだろう。

「ギター上手なんですね」

「だろー。俺、これでもスカウトされたことがあるんだぜ。まあスカウトがイコールでデビューってわけじゃないし、デビューしても鳴かず飛ばずでやめるやつも多いけど」

「プロにはならないんですか？」

「……結婚って道を選んだんだ。もう二十七だしさ。って、蘇芳も一緒か。そっちは？結婚とかどうなの？」

そんな話題をふられるとは思わず祐雨子が口ごもると修一はうなずいた。

「俺の周りも半分以上は独身だ。まだ遊びたいやつが大半だからさ」

「恩田くんは結婚するんですよね。式は急に決まったんですか？」

自宅での披露宴とはいえ、三週間の準備期間はあまりにも短い。祐雨子が素直な意見を口にすると、修一は少し困ったような顔になった。

「彼女の希望。いろいろ突然言い出す女でさ、今回の結婚もそんな感じ。あ、紅白まんじゅう、蘇芳のところで頼むって聞いたけど」

逆プロポーズということなのだろうか。だったらずいぶん積極的な女性なのだろう。

「蓬莱まんじゅうもご注文をいただきました」

「式とかいいって言っといたんだけど、父親がうるさくてさ。跡取り息子だからかな」

「……なにかあったんですか？」

修一の表情が暗い。不安を覚えて祐雨子が尋ねると、彼は曖昧《あいまい》に笑みを浮かべて祐雨子の手元を顎《あご》でさした。

「どっか行く予定じゃなかったの？」

「え？　あ、そうです。櫻庭神社さんにおまんじゅうを届ける途中でした」

慌てる祐雨子に修一は笑った。

「ああ、それたぶん挙式の打ち合わせ用だ。母親が宮司さんのファンだから、式は絶対櫻庭神社でって力《りき》んでて、今打ち合わせに行ってるんだよ。俺もこれから彼女と合流して向かう予定。だからそんなに急がなくて大丈夫——あ、だめかも。彼女が来た」

祐雨子は修一の視線を追うように振り返った。さらさらストレートをアシンメトリーのボブカットにした彼女は、フォックスサングラスにぽってりと赤い口紅、だぼっとしたシャツに足首の締まったサロペットパンツ、それらにスパンコールでぎらぎらするハイヒールを合わせていた。野暮《やぼ》ったさと奇抜さが紙一重のファッションだ。

ネイルアートも完璧な指先でサングラスを持ち上げて頭にのせる。

「修一、ごめん、遅れた」

「いいよ、歌ってた」

「――まだやめてなかったの？」

修一の婚約者が険しい表情になった。そして、祐雨子に気づくと少しばつが悪そうな顔になり、説明を求めるように修一を見る。

「こちら、今度お世話になる『つつじ和菓子本舗』の蘇芳さん。神社にお茶菓子を届けに行くところを俺が引き留めちゃったんだ。あ、蘇芳、彼女が俺の婚約者の野々村璃子《ののむらりこ》。えっと、俺たちより一学年下だな。デザイナーなんだよ」

「元デザイナーよ」

璃子は修一の言葉を即座に訂正した。

元弾き語りと、元デザイナーのカップル。少し浮世離れしたイメージだ。

「あの、私、おまんじゅうを届けに行きますね」

「俺たちもうちょっとここで時間潰《つぶ》していくから、急いで転んだりするなよ」

「転びませんよ」

そう返す祐雨子に修一は快活に笑った。

祐雨子は璃子に会釈《えしゃく》をしてから公園をあとにした。

「タキ、柴倉《しばくら》、打ち合わせに行くから同行しろ」

料亭の跡取りが結婚すると聞いた翌日、学校から戻った多喜次に祐がそう声をかけてきた。柴倉と一緒とはいえ打ち合わせに同行させてもらえるなんてはじめてだ。

多喜次は大慌てで二階に行き着替えると、階段を駆け下りて店内を覗《のぞ》き込んだ。

「祐雨子さん、これからおやっさんの同行で柴倉と出かけます」

「わかりました。いってらっしゃい」

都子《みやこ》がいるのだからわざわざ断る必要はないのだが、祐雨子の声が聞きたくて呼びかける。すると、いつも通りふんわりとした笑顔とともにそんな言葉が返ってきた。

「ま、毎日聞きたい……!!」

「タキは本当に見境ないよな」

「柴倉、犯罪者を見る目で俺を見るな」

「――俺もあいさつしてこよーっと」

「俺が学校に行ってるあいだずっと店にいたんだからちょっとは俺に優しくしろよ！」

多喜次の懇願もむなしく柴倉は祐雨子に声をかける。戻ってきた柴倉と睨《にら》み合っていたら祐に呼ばれ、二人して車に乗り込んだ。向かった先は駅裏にある老舗料亭『まつや』だった。白いのれんに墨《すみ》一色で描かれた松の絵、軒下には来客用の長椅子《ながいす》と、浮き草のあいだからときおり金魚が顔を覗かせる睡蓮鉢《すいれんばち》が置かれ、どっしりと貫禄《かんろく》のあるたたずまいが目を惹《ひ》く店構えだ。裏口も表玄関とは違ったたたずまいに味があり、誰の趣味なのかこちらにはやや小ぶりな鉢でメダカが飼われていた。

呼び鈴を押す前に『まつや』の料理人が顔を出した。

「いつもお世話になっております。『つつじ和菓子本舗』でございます」

祐のあいさつに、ほんの一瞬、料理人の顔色が曇ったように多喜次には見えた。

「修一さんの式の件ですね？　どうぞ中へ」

手招かれて裏口から店内に入ると、そこは『つつじ和菓子本舗』と同じような調理場《板場》になっていた。ただし規模はまるで違う。『まつや』は調理と盛り付けを兼ねたステンレス製の広い調理台が二列並んで置かれ、ガスコンロも二カ所にわかれて設置、大型冷蔵庫は三台、もちろん流し台も広く、なにより常時十人いる料理人が動き回れるスペースがある。この中を仲居が出入りするのだから食事時はものすごい熱気になるのだろう。

板場に入ると、少し待つように言われた。

おかげで多喜次は入念に板場を観察することができた。お客様にお出しする食器はもちろん、調理器具も実に丁寧に扱われている。調理台もコンロも掃除の手が行き届いている。床もきれいだ。衛生管理の観点から見ても、この清潔さは理想的だった。

感心する多喜次の耳に、かすかに声が届いた。

「結婚式って、いきなりですか？　跡取りって、俺全然知らないんですけど！」

「ああ、久米《くめ》は修一さんが出ていったあとだっけ、ここに来たの」

若い男の声が苛々《いらいら》と訴えると、落ち着いた中年男性の声が答えた。ステンレス製の棚に隠れ、多喜次たちの存在に気づいていないのだろう。会話が続く。

「修一さんは大学進学するときに家を出たからなあ。お前と入れ違いくらいか」

「――大学って」

「中退したそうだ。で、……音楽やってたらしくて」

「はあ⁉　音楽って料亭の跡取りが？」

「路上パフォーマーだ。弾き語りって言ってたかな。ギター持って、駅とかで歌ってたって。たまに見かけるだろ？　大きな駅とかで」

ギター片手に歌ったり、集団でダンスの練習をしたりしている若者を多喜次も見たことがある。しかし、料亭の跡取り息子が路上パフォーマーとは意外な選択だ。

若い料理人もぎょっとしたらしく声が裏返った。

「待ってください！　あの人、板前の修業をしてたんじゃないんですか⁉　まさか、プロになれないから戻ってきたんですか⁉」

当然行き着く疑問。どんなに努力してもプロになれるのはきっとごく一握り――ましてやあれほど華やかな世界だ。挫折《ざせつ》なんて珍しくもないだろう。多喜次はそう納得した。だが、若い料理人は不満を感じたようだった。

「やめてください、宗二《そうじ》さんがいるんですよ！　今まで好き勝手遊んでた兄貴が帰ってきて、真面目に板前やってた宗二さんが肩身狭い思いするとかおかしいですよ！」

「仕方ないさ。修一さんが〝長男〟なんだから」

年上の料理人も若い料理人を強くいさめたりはしなかった。

「ほら、しゃべってないで手ぇ動かせ。六時から予約がどっさり入ってるんだぞ」

「結婚したら修一さんの嫁さんが女将《おかみ》でしょ？　あり得ませんって！　あの女、吸い物と果物ちょっとつまんで宗二さんが作った料理に全然手をつけないんですよ。なんですかあれ、嫌がらせですか？　あんな女連れてきて、料亭舐《な》めてるとしか思えません！」

「――誰だってそう思ってるさ」

若い料理人の声に応《こた》える年上の料理人の声は、今までの平坦さが嘘《うそ》のように低かった。

その一言で、彼もまたこの状況に不満を抱いているのだとわかる。

　思わず一歩踏み出した多喜次の肩を祐が摑《つか》んだ。首を挟むなと、険しい表情が多喜次にそう訴えている。隣にいた柴倉もまた、眉間《みけん》に皺《しわ》を寄せたまま押し黙っていた。

　多喜次はきつく唇を嚙《か》む。

　文句があるならせめて本人に直接言えばいい。陰《かげ》でこそこそ言うのが気に入らない。それでは改善も歩み寄りもできなくなってしまう。

「康志《やすし》さん、なんとか追い出せないですかね。当日の料理をボイコットするとか」

「──やめとけ」

「けど、このままじゃ腹の虫が治まらな……」

「しっ！　修一さんだ！」

　ドカドカと乱暴な足音が聞こえ、会話が途切れた。

「板場、板場、と。えーっと」

　紺色ののれんからひょこりと男が顔を出す。料亭ということでかなり配慮しているのか、元ミュージシャンは白いシャツに黒いパンツというシンプルな服装で、少し場違いに髪だけが長かった。恩田修一は細面《ほそおもて》で、他の料理人たちと比べても小柄に見えた。

「あ、つつじ屋さんですか？　恩田修一です。お待たせしました。こちらへどうぞ」

にこやかに修一が声をかけ、ようやく死角になる場所に部外者がいることに気づいたらしい料理人たちから息を呑《の》むような音が聞こえてきた。

「行くぞ」

祐は息をつき、渋面《じゅうめん》になる多喜次の肩を軽く叩いて柴倉に顎をしゃくった。

通された二階の座敷には、父親の恩田定助《さだすけ》と婚約者である野々村璃子がいた。定助は料理人らしく和帽子に白の甚平《じんべい》とロングエプロンを合わせ、璃子は目の覚めるような真っ赤な花が咲き乱れる青いワンピースだった。個性的な髪型をいっそう個性豊かにするのは服と同柄のベレー帽の存在だろう。料理人たちが懐疑的な眼差《まなざ》しを向けるのも多少はうなずけてしまう格好で、多喜次はますます渋い顔になった。

打ち合わせはごく簡単なもので、式当日と後日配るまんじゅうの確認、さらに蓬莱まんじゅうのデザインの確認だった。このデザインに関しては花嫁にこだわりがあるらしく、彼女の要望が大半を占めていた。

「中央に百合《ゆり》の花をお願いします。できるだけゴージャスに見えるように、立体的に何輪か組み合わせて。百合の葉の形なんですが、私はどちらかというと……」

メモを取り出した祐にならい、多喜次も花嫁のリクエストを黙々とつづっていく。結婚式は女性のイベントという印象が強いが、熱く語る姿を見るとその通りだと感じる。ここで男が口を挟もうものなら逆鱗《げきりん》に触れかねない。

熱心すぎる花嫁に皆が目を白黒させる中、祐は動じることなくうなずいている。むしろ全力で食いついている。練り切りに関する要望が出るたびに喜んでいるように見えた。

「さすがおやっさん」

「デザイン重視で、蓬莱まんじゅうとかどうでもいい感じだな」

感心する多喜次の横で、柴倉が肩を落としていた。

一時間ほどで打ち合わせは終わり、修一の先導で裏口へと向かう。板場に陰口を叩いていた料理人たちの姿はなく、多喜次は内心でほっとしていた。

「すみません、璃子がいろいろとわがままを言って」

店を出たとき、修一がそう言って頭を下げた。その様子だけで、多喜次は恩田修一という人間にちょっとした好感を抱いた。

「いいえ、とんでもない。自分の色を持っているしっかりしたお嬢さんです」

「ファッションデザイナーなんですよ。あ、元デザイナーか」

祐に褒められ、修一が照れたように笑った。

本来ならここで別れるのだが、多喜次は祐に向き直った。

「俺、ちょっと確認したいことがあるんで残ってもいいですか？」

柴倉は「バカよせ」という顔をし、祐は少し考えるような表情になった。

「――わかった。遅くなるなよ。帰るぞ、柴倉」

止めようとする柴倉の腕を引いて祐が歩き出す。不思議そうな顔をする修一は、挑むように見つめる多喜次の迫力に圧されたのか、びくりと肩を揺らした。

「ちょっと移動しませんか？」

「……そ、それは構わないけど……」

戸惑い顔でうなずいて、修一が心許《こころもと》ない様子で歩き出す。多喜次は彼の足下をじっと見つめながらしばらく歩いた。駅裏は間もなく訪れるハロウィンカラーである紫とオレンジに染まり、ジャック・オー・ランタンが至る所から顔を覗かせていた。ハロウィンが終わればクリスマス、大晦日《おおみそか》、新年と続く。視界いっぱいハロウィン飾りであふれているが、『つつじ和菓子本舗』でもクリスマス用の和菓子や正月用の餅の注文が入っているのだから、駅裏のどの店も年末年始に備えて大忙しだろう。

「恩田さん、学生の頃に部活入ってました？」

「え？　ああ、入ってたよ。中学校は書道部、高校は茶道部」

「料亭の跡取り息子だからそういう選択肢ですよね。歩き方だって静かだ」

うなずく多喜次に修一はますます戸惑った。多喜次は大きく息を吸って本題に入る。

「どうして店の人たちの陰口を放置しておくんですか？」

「陰口って、そんな……」

否定しようとする修一の言葉を遮《さえぎ》るように多喜次は言葉を続けた。

「俺、恩田さんが板場に迎えに来たときの歩き方がすごく気になったんです。いくらなんでも乱暴すぎる。そう思ってたら、あのとき以外はむしろ静かすぎる歩き方だった。独り言だって、今考えれば不自然です。あれって全部わざとですよね？」

修一は多喜次を凝視し、視線を逸《そ》らせると首を掻《か》いた。

「まいったな。店の人間は誰も気づかなかったんだけどなあ」

「——気づきますよ。婚約者のこと謝罪するのもわざわざ店の外を選ぶ人なのに」

あんなのは聞く人が聞けば立派なのろけで、決して婚約者を貶《おとし》める言葉ではない。それを口にすることすら配慮するような人なら普段から相当気を遣っているに違いない。

「陰口叩くような人間を野放しにするなんて納得できません。あれじゃ増長する一方だ」

「それはわかってるんだけどねえ」

煮え切らない修一に多喜次が地団駄を踏むと、修一は困ったように微笑《ほほえ》んだ。

「だけどほら、考えてごらんよ。自他ともに認める不器用な男が、料理センスもなくなんの取り柄もない男が、長男ってだけで跡取りに持ち上げられてるんだよ」

修一は自分を指さして苦笑いした。

「弟は宗二っていうんだけどね、指先が器用で料理のセンスも抜群で、中学生の頃からずっと店を手伝ってて高校を卒業したあとは本格的に働くようになった。店の者たちからも信頼されて、俺なんか足下にも及ばない」

「恩田さん……修一さんは」

「俺だって頑張ったよ。立派な跡取りになるんだって、才能は努力で埋められるって考えて精進した。だけど天才には敵《かな》わなかった。俺は何一つ、弟に勝てなかったんだ」

これほど苦く感じた言葉はない。修一は顔を歪《ゆが》めた。

「そうしたらもう逃げ出すしかないだろ」

憤《いきどお》りが伝わってきた。それが、彼が真面目に修業に打ち込んできたことの証明のように思え多喜次は返す言葉を失っていた。跡取り息子でありながら弟に敵わず、失意のうちに家を出て大学に進んだ——家に帰ることだって、本当は望んでいなかっただろうに。

「どうして、今さら家に？」

「——弟だけには結婚のことを伝えようと思ったんだ。これでも昔は仲のいい兄弟だったから。そしたらあいつ、家に戻ってこいって言い出してさ。帰ってこないなら迎えに行くって騒がれて、仕方なく」

「無視すればよかったのに」

「本当に捜しに来たら大変だろ。弟は二十五にして次板《つぎいた》――副料理長を務める逸材だ。そんなやつが長期間休んだら店中パニックだ」

だからって、コンプレックスの元凶のためにわざわざ気詰まりするような場所に帰ってくるなんて、あまりにも人がよすぎやしないか。自分が料理人たちから歓迎されないことなんて、現状を一番よく理解している彼が予想できなかったとはとても思えないのに。

「俺はいいんだよ。家を出て、好きなことをやらせてもらった。店の者たちの不満も仕方ないさ。ここまできたなら腹をくくって少しずつ挽回《ばんかい》していくつもりだ」

「天才が近くにいるんですよね？」

そんな心が折れそうな環境でよく前向きな発言ができるものだ。多喜次は柴倉という、外見もキャリアも才能も上の男がいるだけで羨《うらや》ましくてたまらないのに、それが兄弟となると、本人たちが意識する以上に周りは二人を比較するだろう。

どうやら自覚はあるようで、修一は苦笑した。

「それを言うなよ」

否定はしないのが潔《いさぎよ》い。多喜次はズボンのポケットに入れていた携帯電話を取り出した。

「連絡先交換しませんか？　な、なにかあったら相談にのります！」

多喜次の申し出に修一は目尻を下げた。

「いやあ、つつじ屋さんの職人は頼もしいなあ」

「俺まだ見習いですけど」

「安泰だなあ」

「だから見習い！」

思わず強い口調で訂正すると、通りを行き交う人たちが驚いたように多喜次を見た。慌てる多喜次に修一は快活に笑い声をあげた。


淀川《よどがわ》多喜次は基本的に物好きだ。

なにかあると首を突っ込んでは仕事を増やす。学校に行き、終われば和菓子屋へバイトに入り、たまに後学のためにと有名店の料理を食べに行く。それだけでも一週間がよゆうで埋まるというのに週一回書道教室に通い、二週間に一回作られる和菓子ケーキのためにパン屋の職人と打ち合わせをし、月命日に和菓子を作り、さらに見習いの分際で子ども相手にマンツーマンの和菓子教室を開いているのだ。

「本当バカ。絶対バカ。だめすぎる」

自分のキャパシティを読み誤って、どんどん背負い込んでいずれ潰れるタイプだ。

「あじさい、だめですか？」

尋ねられてわれに返る。ただいま柴倉は、キャパシティを振り切った男のサポートのために、隣にある鍵屋の台所で幼女が和菓子を作る姿を見守っている真っ最中だった。

「ああ、違う。あじさいはいいんだ。そろそろ寒天《かんてん》が固まった頃だな。確認してみるか」

柴倉は立ち上がって冷蔵庫に向かう。

「はい。……あの、すみません。忙しいのに、タキくんの代わりにつきあってくれて」

そう謝罪するのは七歳の少女——本条四葩《ほんじょうよひら》である。亡き父親のため、月命日に和菓子を作りに来た少女だ。ときおり父親のことを思い出すのか目にいっぱい涙をためつつも、決して泣くまいと歯を食いしばっている。

子どもなんだから子どもらしく泣けばいいのに、そういうことに慣れていないのだろう。そう気づくと少し不憫《ふびん》に思えてきた。気を紛らわせるべきだが、亡き父親のために和菓子を作っている少女に気分転換をしろだなんて無茶な要求であるのは間違いない。

苦手だ。

無意識に距離をとりつつ柴倉は冷蔵庫からタッパーを取り出した。前回と同じ練り切りを使ったあじさいでは芸がないと、多喜次が不在なのをいいことに柴倉が寒天で作るあじさいを提案したのだ。着色した寒天を切って練り切りにくっつけるという、店頭でもよく見かける透明度の高い涼やかな品だ。

「お、いいみたいだな」

柴倉は寒天が固まっているのを確認するとタッパーを四葩に渡し、まな板の上に出すように指示する。七歳の少女に包丁を持たせるのはさすがに躊躇《ためら》ったが、どうしても自分で作るのだと言って聞かなかったので、細心の注意を払って包丁を持たせた。

「正方形に切るんだ。同じサイズになるように。そうすると仕上がりがきれいになる」

「う、うん……!!」

はあはあ言いながら包丁を持つ姿が不安だ。

「む、無理ならいつでも代わるから」

「ありがとうございます!」

きりっとお礼を言って四葩は丁寧に寒天を切った。タッパーの中にはピンク色の寒天がやや多いが、青い部分もある。混ぜることでグラデーションを狙っているのだ。たどたどしい手つきで餡を練り切りで包み、ラップの上に寒天をのせ、練り切りを置いて茶きんしぼりのようにして寒天を練り切りにくっつけた。

「き、きれい……!!」

まな板の上に置かれたあじさいの鮮やかな色に四葩が声をあげると、邪魔にならないように離れていた鍵師《かぎし》見習い、遠野《とおの》こずえが覗きにきた。

「わあ、ピンク！　かわいい！」

この手の和菓子は青系で作られる場合が多いから、色のチョイスも目につく。

「あ、あの、もう一個作っていいですか？」

「材料残ってるんだからいくつでもどーぞ」

店に持って帰っても破棄される運命だ。ならばいっそ、ここで使い切ってもらったほうがいい。柴倉がこころよく応じると、こずえを交えて和菓子作りが再開した。

それを横目で眺めつつ、柴倉はポケットからペンとメモ帳を取り出す。

昨日、祐に蓬莱まんじゅうのデザインを考えろと命じられた。花嫁のこだわりが強いことからデザインは入念に打ち合わせして決めることにして――はじめは数パターンから選んでもらう予定だった――柴倉と多喜次がいくつか案を出し、祐が確認したあと先方に提案することになったのだ。

使うのは、花嫁の希望である百合の花。

やはり、花を中央に描く定番のスタイルがいいだろう。花びら数枚を立体的に表現し、周りはそぼろあんで囲む。だがそれでは美しさがない。まんじゅうに見立てた円に百合の花を描いて考え込んでいると、裏口が開いて多喜次が顔を覗かせた。

「悪い！　『月うさぎ』さんのところのコラボケーキ、打ち合わせが長引いて！」

十月も後半に入りつつあるこの時期に、頬《ほお》を紅潮させた多喜次は、息を弾《はず》ませ額《ひたい》に汗まで浮かべていた。バカみたいに急いで帰ってきたのだろう。

「自分で受けたんだから時間の調整くらいちゃんとやれよ。だらしないやつだな」

「ホント悪い、恩に着る！　柴倉がいてくれて助かった！　やっぱお前、頼りになるわ」

嫌味にまっすぐな感謝の言葉を返されると、それ以上言い返せなくなってしまう。

「弟子《でし》……じゃない、こずえもありがとな。兄ちゃん、怒ってなかった？」

「全然気にしてない」

こずえが答えると、多喜次はほっと胸を撫《な》で下ろした。

「兄ちゃんそういうところはおおらかなんだよな。お、寒天使ってるのか！　これ、青とセットにしてもきれいなんじゃないか？」

多喜次が四葩の手元を覗き込んでぱっと笑顔になった。すると、台所の中までぱっと明るくなる。多喜次は無鉄砲でなんにでも首を突っ込みたがる厄介《やっかい》な性格だ。そして、周りを自分のペースに巻き込む天才でもある。

「凶暴なやつ」

柴倉がドン引きしていると、四葩が「あの」と多喜次に声をかけた。

「『月うさぎ』と一緒に和菓子ケーキを作ってるのって、タキくんですか？　蓮香《れんか》ちゃんがすごく喜んでました。この前、お姉ちゃんと一緒に同じケーキを食べたんだって。次もまた一緒に食べられるって」

「先輩、めっちゃ張り切ってたから次も期待しててくれ！　俺も頑張らないとなあ」

ちなみにこの〝頑張らないと〟は、作るほうももちろんだがその前段階も入る。デザインや食材調達は多喜次の役目になっていて、コスト面もシビアだ。他の和菓子と同等程度の値段でケーキ風の変わった和菓子が食べられる、というのが売りの一つでもあるからだ。

物好きにもほどがある。柴倉が呆《あき》れていると、多喜次がメモ帳を覗き込んできた。

「これ、蓬萊まんじゅうのデザイン？　百合の花、いくつ使う？」

「百合？」

柴倉が答える前に不思議そうに問いかけてきたのは四葩だった。

「今度、料亭で披露宴があるんだよ。そこで大きなおまんじゅうを出すんだけど、その表面に絵を描くんだ。そのデザインに花嫁さんがリクエストしてきたのが百合」

「百合は花嫁さんの花です。花言葉は、純粋と、無垢《むく》です！」

興奮気味に答える四葩に、多喜次はもちろん、柴倉とこずえも驚きの視線を向けた。七歳の少女が花言葉をすらすら言うとは思ってもみなかったのだ。

「百合はお父さんが生まれた国の花です！」

「お父さんの生まれた国って……フランスだよな？　百合がフランスの花？」

首をかしげる多喜次に、柴倉は思わず口を挟んだ。

「国花《こっか》だろ」

国花とは、国民に愛され、国を象徴する花――日本なら菊と桜である。フランスは、百合とアイリス。どちらも凛《りん》とした姿の美しい花だ。柴倉の指摘に多喜次が目を見開いた。

「フランスの国花って薔薇《ばら》じゃないの⁉」

「なんで薔薇なんだよ」

妙なことを言い出した多喜次に柴倉が怪訝《けげん》な顔を向ける。

「え、だって薔薇戦争とかあったんだろ？」

「――お前、絶対言葉の響きしか覚えてないだろ。薔薇戦争は薔薇を巡った戦争じゃないからな⁉　紋章が薔薇ってだけで、薔薇は直接関係ないからな⁉」

「し、し、知ってるよ！」

オロオロする多喜次を見て四葩が声をあげて笑った。どこか陰りのあった表情が、この一瞬できれいに吹き飛んだ。

「そんなに笑うことないだろ」

　赤くなった多喜次が睨むものの四葩の笑いはいっこうに収まらない。多喜次はふて腐れながらもフードパックを四葩に手渡す。四葩はできあがった和菓子をフードパックに収め、柴倉たちに向かって深々と頭を下げた。

「ありがとうございました」

「おう、お疲れ。まっすぐ帰るのか？」

　短い質問で、四葩は多喜次がなにを考えているか悟ったように慌てた。

「ひ、一人で帰れます。まだ三時です！」

　渋る多喜次に笑顔を向け四葩は帰っていった。来たときと帰るときでは表情がまったく違う。虚勢を張るのではなく自然に振る舞っているのが、柴倉の目からも見てとれる。不《ぶ》躾《しつけ》な性格で、ずけずけ人の事情に踏み込んで〝周りを自分のペースに巻き込む天才〟——どうやら多喜次との接点は、四葩にとってプラスに働いているのだろう。

「まあ、それならそれで、いっか」

「なに？」

「なんでもない。そろそろ戻るぞ」

「お、了解。こずえ、ありがとな！」

多喜次が片手を上げてピッとお礼を言い、柴倉が会釈する。和菓子屋に戻って店内を確認すると、月一回程度の割合で祐雨子目当てに和菓子屋に訪れる〝どうもくん〟こと堂元《どうもと》勲《いさお》が和菓子を選んでいるところだった。黒のハイネックのシャツにパンツとコート、マフラーのみ灰色というぶれない陰《いん》キャラぶりに柴倉は顔をしかめる。なにより柴倉が気に入らないのは、祐雨子が彼を特別扱いしている点だ。

「あ、お帰りなさい。休憩いただいてもいいですか？」

どうもくんが来店すると、祐雨子は決まって休憩を取る。〝秋色〟という朱色と黄色の練り切りで作られたきんとんをフードパックに入れる祐雨子に抗議しようとした柴倉の耳に、多喜次の「ごゆっくり」という言葉が届いた。

柴倉は反射的に多喜次を睨んだ。

そして、ぐっと唇を噛みしめ無理やり笑顔を作る多喜次に気づいて文句を呑み込んだ。

店内から客の姿がなくなると、多喜次は壁に両手をついて額をゴンゴンと打ちつけだした。予想外の多喜次の行動に柴倉の肩がビクッと揺れる。

「羨ましくなんてない、羨ましくなんてない、羨ましくなんてないんだからな……!!」

「お、お前見てるといろんなもん吹っ飛ぶな」

「柴倉は祐雨子さんとお茶が飲みたくないって言うのか！」

「――そりゃ飲みたいけど」

　向かいの席に祐雨子が腰かけ、ほんわかと和菓子を食べるところを想像する。あの天然乙女なら、ちょっとトレードしましょうか、なんて言いながら、黒文字《くろもじ》で切り分けた和菓子を微笑みつつ差し出すかもしれない。

「あ、考えたら殺意が」

「柴倉、お前の妄想力あなどってた！」

　多喜次がドン引きしている。

「だけどタキ、目の前に祐雨子さんだぞ。にっこり微笑んでるんだぞ」

「紙袋かぶせて独り占めしたいなー」

「お前のほうがやばいだろ！」

　紙袋とお茶が飲みたいのかと、今度は柴倉がドン引きする番だった。だいたい、祐雨子はあのストーカーに優しすぎるのだ。和菓子を一個しか買わない客に合わせて休憩を取るなんて、どう考えてもやりすぎだ。和菓子一個でプチデートができるなら、柴倉は数日間祐雨子を独占してもいいくらいには仕事面で貢献していると思う。

「あー、祐雨子さんとどっか遊びに行きたいな。誘ったら来てくれるかな」

「柴倉ばっかりずるいぞ！　俺も一緒に行く！」

「デートだよ！　遠慮しろよ！」

「俺だって祐雨子さんとデートしたことないのに、なんでお前ができるんだよ⁉」

「え、二人で遊びに行ったことないの？」

「ないよ！　行ってたらもっと浮かれてるだろ！」

「あー、お前って隠し事下手そうだもんな。みんなにバレるよな、絶対」

ぐっと多喜次は反論を呑み込んだ。柴倉が苦笑していると電子音が小さく響き、多喜次がポケットから携帯電話を取り出した。

「――なんかこじれてるなあ」

「メール？　……まさか『まつや』の恩田さんか？」

誘導尋問にすらならない単純さで、多喜次はぎくりとしたように肩を揺らした。

「俺は修一さんだなんて言ってないぞ⁉」

「へえ。名前を呼ぶくらい仲良くなったんだ？　はじめて打ち合わせした日にメアド手に入れて、それからずっと連絡取り合ってたってわけか？」

たたみかけるように質問すると多喜次はすぐに観念した。それでなくともキャパシティオーバーなのに、この上さらに面倒事を背負い込むなんて正気とは思えない。

「お前そんなことにいちいち首突っ込んでたら倒れるぞ⁉」

声を荒らげる柴倉に、多喜次が大きく目を見開いた。

「柴倉、心配してくれるのか？　お前やっぱいいやつだな」

「違う！　こっちにしわ寄せが来るんだよ！　俺は修業がしたいの！」

多喜次がきょとんとし、「そっか」と納得する。

「そんなに忙しいのに、四葩ちゃんにつきあってくれてたんだ」

「そ、それは……っ!!」

多喜次がいないと和菓子が作れないと知った少女が今にも泣き出しそうな顔になった。放っておけるはずがない。「じゃあ俺が代わりに」と、自分から名乗りをあげるのは、たぶん、ごく普通の流れであるわけで――。

「だって、今日は無理だって言って断ることだってできただろ。それなのに、寒天であじさい作るとか工夫してくれてさ。四葩ちゃん、嬉《うれ》しそうだったよな」

どうやら気づかないうちに多喜次のペースが移っていたらしい。言い訳するとどんどんいいように解釈されてしまいそうで、そして、まるで自分が善人になったような気分になって、柴倉はすぐにおとなしくなった。

このまま話を切り上げようとしたとき、引き戸が開いて女が一人入ってきた。

最高に奇抜な格好をした女だった。左右で丈《たけ》の違うシャツに真っ赤なショートパンツ、つぎはぎのフェイクファーで縫われたロングコートに白いブーツ。カバンはいかにも作り物っぽいワニ革もどきだ。アイシャドーはなぜか虹のグラデーション。

「い、いらっしゃいませ」

女——老舗料亭『まつや』の跡取り息子の婚約者、野々村璃子は、ひどく不機嫌そうに顔をしかめて店内を一瞥《いちべつ》した。

「和菓子を買いに来たんじゃないんですけど」

一言告げるだけでも苦痛と言いたげに声が低い。わざわざ店に訪れたとなると用件は一つである。柴倉は姿勢を正した。

「もしかして、蓬莱まんじゅうのデザインの件ですか？　それでしたら、もうしばらくお時間をいただきたいんですが」

本来なら慶事用の特別な菓子の意匠《いしょう》は和菓子職人に一任される。職人も、どのシーンでどんなものがふさわしいかよく理解しており、それを踏まえたうえで提案するのが常だ。黙って金だけ払えなんて横柄《おうへい》なことは言わないから、せめて信頼して待っていてほしい。

さっさとお引き取り願おうとしていた柴倉の耳に、「デザインの変更をお願いします」と、予想だにしない璃子の声が刺さる。

「おまんじゅうの表面って白いですよね？　それだと白い百合はあまり目立たないって気

づいたんです。私は派手なのが好きだから、百合の花をピンクにしてもらいたくて。それから、木の枝みたいなものでその百合を囲んでほしいんです。白い花のついた木の枝」

日常生活にも支障をきたしそうなゴテゴテのネイルアートで飾られた指先が、ひょいひょいと空中に絵を描いていく。強いイメージが、どうやら彼女の中にはあるらしい。

「もしよかったら、簡単でも構わないので紙に描いていただけませんか？」

「――それはプロの方にお任せします。絵の具を使うみたいにいかないことくらい私にもわかっていますから。それじゃ、よろしくお願いします」

柴倉の誘いを軽くかわし、璃子は会釈した。

「あ、あの、和菓子どうですか？」

さっさと店を出ようとする璃子を多喜次が呼びとめる。とたんに彼女の眉間に深い皺が刻まれた。不快感をあらわにする璃子に、よけいなことを言ったと気づいたらしく多喜次の顔から一気に血の気が引いた。

一拍おいて、璃子はわれに返ったように視線を床へと落とした。

「すみません、体調が優れなくて」

「――いや、俺のほうこそすみません。強引でした。お茶でもどうかなって、それで少し話でも聞けたら……あ、やましいことは考えてませんから！」

慌てて言葉を足す多喜次に、璃子は少しだけ表情をやわらげた。

「……お茶だけなら」

多喜次はうなずき、お茶券を二枚買うと店を出ていった。

「……また仕事増やさなきゃいいけど……」

思わずつぶやいて、柴倉ははっと口をつぐんだ。別に多喜次の身を案じているわけではない。本当に本当に、しわ寄せがこちらに来ないか心配しているだけだ。

柴倉はそう自分に言い聞かせた。


「いらっしゃいませ」

接客中なので正面の引き戸から鍵屋に入ると、こずえがそう声をかけてきた。少し驚いたような声色《こわいろ》だ。それ以上に驚いた顔をしたのは、どうもくんと先に入店していた祐雨子だった。笑みが少しだけこわばったように見えた。

まるで、まずいところを見られたと言わんばかりの表情だった。祐雨子とどうもくんの関係は〝茶飲み友だち〟だ。少なくとも多喜次はそう思っていたし、多喜次以外の第三者もそう考えているだろう。だが、二人の交流は、友情が愛情に変わることすらあり得てしまいそうなほど長期間に及んでいた。

「タキ？」

「え、あ、悪い。お茶お願いします」

小首をかしげるこずえにわれに返り、多喜次はお茶券を渡すと祐雨子たちから離れるように——テーブルが四つしかない狭い店内ではあるのだが——対角線上に腰かけた。多喜次たちの他にお客様が一組いる。犬のママさんグループだ。ときおりメンバーを変えつつ和菓子屋に通ってくる彼女たちだが、今日は日帰り旅行のプランを立てているらしく、テンションも声の大きさも、いつもの倍増しだった。

「あらなに、多喜次くんデートなの⁉」

甲高《かんだか》く問われて多喜次は慌てて首を横にふる。

「し、仕事の打ち合わせです」

「偉いわね。うちの子、遊んでばかりいるからいつまでたっても定職に就けないのよ」

「それ大変ねえ。うちなんてね……」

脱線する会話に耳を傾けつつ、多喜次の意識はすっかり祐雨子のほうに向いていた。賑《にぎ》やかすぎる店内だから会話は聞こえないが、親密さが脳裏に焼き付いて離れない。

振り向きたい。だが、振り向きたくない。

「……仕事の打ち合わせ？」

棘《とげ》のある璃子の声に、多喜次はわれに返った。

「すみません、言い訳が思いつかなくて……と、とりあえず、それっぽくします」

多喜次はポケットからメモ帳とペンを出すとテーブルの上に置いた。

改めて見た璃子は、やはり派手だった。料亭でこの格好をしていたら相当目立つだろう。店に合わせて和風の装いをする祐雨子とはずいぶん違う――そう考えた多喜次は、邪念を振り払うように首を横にふって璃子をまっすぐ見つめた。

「……なに？　さっきから人のことじろじろ見て」

こずえがお茶をテーブルに置いて去っていくのを機に刺々《とげとげ》しい口調で訊《き》かれ、多喜次はぎょっとした。

「すみません、ポテンシャル感がすごくて」

「ポテンシャル感？」

「え、あの、修一さんと似てるなあって思って。やっぱり恋人だと似てくるのかな」

服装はそれほど似ていないのに、全体から受ける印象が似ている。周りに縛られない個性とおおらかさ――見ているとまぶしく感じる類《たぐい》の一途《いちず》さだ。

真剣な表情の多喜次をまじまじと見て、璃子はふっと口元をゆるめた。

「似てて当然よ。修一の服は、私がコーディネートしてるの。彼の服、何着か作ってるし」

「え、服作れるんですか⁉」

服は買うものという認識があった多喜次は、驚いて身を乗り出した。

璃子は服をちょんとつまむ。

「この服だって自作だし、ここに持ってきた服はほとんど自分でデザインしたもの」

「すげえ。最新ファッションだ！」

「最新って」

興奮する多喜次に璃子はおかしそうに笑った。

「じゃあアクセサリーも？」

「作るわよ。ネイルだって自分でやるし。これはネイルチップだけど」

「おおおお。フルオーダー！」

差し出された手を多喜次は反射的に摑《つか》んだ。しなやかで折れてしまいそうなほど細い指は、今まで接してきた職人たちのものとは違っていたが、ぽかぽかとあたたかく、そこから生み出された作品ものすごい熱量が込められているような気がした。

「これがファッションデザイナーの手か」

ギターをやっていると指の皮が厚くなるというが、デザイナーの指は繊細で柔らかい。

納得して手を放すと、璃子はその手をじっと見つめてなにかを懐かしむように笑った。

「――出会った頃の修一は、もう本当にひどいセンスだったの。実は私、彼の歌よりそのセンスの悪さが気になっちゃって、しばらく通ってたのよね」

「そんなに？」

「バラード弾いてるのに服装ロックなんだもん」

それはさすがに強烈だ。

「しかも服とアクセサリーの統一感がなくて、持ってるものをとにかく身につけましたーって感じで、ダサくてダサくて。その頃私、バイト掛け持ちして毎週月曜日に彼の前を通ってたんだけど、一カ月たっても服やアクセサリーが変わらないのよ。だから月曜日だけその服装なのかなって思ったら、ずーっとそんな感じだって知って」

「ひどいっすね」

「ひどいわよー。聴いてるの私くらいのものだったし、そのうち少し仲良くなって服装のアレンジを教えてあげて、それから一緒に買い物に行くようになって、見た目を直していったのよ。そうしたらちょっとファンもつくようになって」

璃子は思い出話を楽しそうに語る。

「修一はすごく努力家なの。バイトの合間に路上パフォーマンスに専念して、作詞作曲して、たまに新しい曲を披露して……そんなことを、大学在学中から九年も続けてたのよ」

そこには尊敬の念が込められていた。結局は料亭を継ぐために戻ってはきたが、修一のミュージシャンとしての活動を、彼女は高く評価していたのだ。

「――本当は、メジャーデビューしたかったと思うんだよね。失敗しても、苦労しても、それが修一の見つけた夢なんだから」

璃子の声のトーンが落ち、突き放したような口調になる。

「……あ、あの、結婚のこと、後悔してるんですか……？」

多喜次はペンを握りしめ小さな声でそう尋ねた。修一とメールアドレスを交換してから、気まぐれのようにメールが届くようになった。彼の手助けになりたいと考えていた多喜次だったが、届くメールはどれもこれもささいな日常のこぼれ話で、たとえば美人の黒猫がいただの、親類の家に招待状を直接持っていっただの、来店した家族がみんな同じ服装で感動しただの、愚痴《ぐち》でも相談事でもない内容ばかりだった。

その中で彼の心が透けて見えたのが璃子に関するメールだ。

元気がないから支えてやりたい、修一はそうつづっていた。

実際会ってみると元気がないというより機嫌が悪いといった印象だが、その中には少なからず後悔という感情も含まれている気がしてならない。

「勘違いしないで。私からプロポーズしたの。だから後悔してるとしたら、それは修一のほう。それより、せっかくだから仕事の話をしない？」

「あ、はい」

強い口調で要求されて多喜次はメモ帳に視線を落とした。

夢をあきらめて実家に戻ってみればそこには優秀な弟がいて、料理人たちからは陰口を叩かれ、あのぶんでは仲居からも歓迎されているとは思えない。とても順風満帆《じゅんぷうまんぱん》とはいかない状況だろう。本人もそれを理解し、挽回していくと言っていた。

だから大丈夫、そう言いたいが、第三者である多喜次が口出ししていい問題ではない。

「ピンクの百合を中央に、それを囲むように白い花のついた枝を置くんですよね。祝ご成婚とか、ハッピーウエディングとか、文字入れはどうしますか？」

「言葉を入れると押しつけがましいからいらないわ」

璃子はお茶を飲みながらきっぱりと言い放つ。お茶が気に入ったのか、険しい表情が少しやわらいでいた。

「枝はどんなふうに……」

「ゴージャスに」

「……ゴージャスな枝」

「百合の花言葉を知ってる？」

唐突に尋ねられ、ゴージャス！　とメモ書きしていた手を止めて多喜次は璃子を見た。四葩が教えてくれた。あれは確か――。

「純粋と、無垢です」

「男の子なのに偉いわね。修一はそういうの、全然知らないのに」

褒められてちょっと後ろめたくなる。実は七歳の少女にご教授いただいたなんて言ったら間違いなく軽蔑《けいべつ》されるだろう。

ぎこちなく会釈する多喜次に、璃子は考えるように間をあけて言葉を継いだ。

「……追加でお願いした花はアセビなの」

「アセビ？」

「馬が酔う木と書いて馬酔木《あせび》。スズランみたいなかわいい花をいっぱいつけるのよ」

想像すると可憐《かれん》だが、名前とはちぐはぐな印象だ。

「変な字ですね。馬が酔うなんて」

「この花には毒があるの」

多喜次が素直な感想を口にすると、璃子は歌うようにささやいた。

「ど、毒……？」

未来の展望を描くめでたい場で、なぜあえてそんな花を使うのか。本来なら幸せを連想させる花を添えるべきなのに。

「アセビを食べた馬は酔ったようにふらつくんですって。面白いわよね。しかも花言葉は献身。素敵な花でしょ？」

毒の花なのに花言葉は献身。ちぐはぐだ。少なくとも多喜次にとっては素敵とは言いがたい花である。返答に窮《きゅう》していると、璃子はお茶を飲み干して立ち上がった。

「ごちそうさま。おいしかったわ」

そうして彼女は店を出ていった。多喜次はあとを追うように席を立ち、店を出る。駅とは反対方向に大股で歩いていく彼女の背には、まるですべてを拒絶するかのような冷たさがあった。


渋面で和菓子屋に帰ると、柴倉が接客中だった。相変わらずのピンポイント攻撃に、お客様はすっかり虜《とりこ》になって、彼が誘うまま大量の和菓子を買っていった。

「う、羨ましくなんてないんだからな……っ」

ぎりぎりしていたら、柴倉が振り返って涼やかに問いかけてきた。

「で、どうだった？」

「――どうだったって、どっちが？」

修一の婚約者のことか、あるいは祐雨子のことか。多喜次が問うと、柴倉は口を閉じ、熟考してから「仕事のことに決まってるだろ」と答えた。

「あの婚約者、怒らせたりしてないだろうな？」

「そんなことするかよ。……枝つきの花だけど、アセビだった」

柴倉も知らない花らしく、さっそく携帯電話で検索をかけた。ヒットしたのは白やピンクの小花で、璃子が言った通り花の形はスズランに似ていた。

「これだとやっぱ花は白い粒で表現したほうがいい？」

「だろうな。花を一つずつ作り込むには蓬萊まんじゅうじゃ小さすぎる」

多喜次の質問に柴倉がうなずいた。

「中央にピンクの百合、それを囲むようにアセビか。細かいデザインは？」

「そんなの訊ける雰囲気じゃなかった」

多喜次の返答に柴倉は落胆した。確かにこれでは話を聞いたうちに入らない。柴倉は大げさに溜息《ためいき》をついてから多喜次をちらりと見た。

「けど、お前大丈夫なのか？　和菓子ケーキと『まつや』の挙式が同じ日だろ。和菓子ケーキ一人で作ることにならないか？　本当に間に合うのかよ」

「……和菓子ケーキの日は、第二、第四火曜日」

月曜日が定休日なので覚えやすく休み明けにしたのだ。そのほうが下準備にも時間が取れると考え、『月うさぎ』とも交渉ずみである。

「日曜日が文化の日で月曜日が振替休日だろ。そういうときは月曜日営業して火曜日休むから、和菓子ケーキも月曜日に作るって話になってたの忘れたのか？　年中無休の『月うさぎ』さんも祝日のほうが来客が多いから賛成してくれたじゃないか」

「……あ」

「だから月曜日が修羅場」

「バカなの？」

「──な、なんで結婚式の日取りが月曜日なのかと思ったら、祝日だからか！」

はっと閃いて叫んだら柴倉が冷めた目で見てきた。蓬莱まんじゅうのデザイン案は出せても手伝うことは難しい。それどころか和菓子ケーキのクオリティーも怪しい状況だ。

「ど、どうしよう……っ」

餡をわざわざ寝かせる店があるくらいなのだから白あんは前日に仕込めばいいとして、問題はデザインだ。十一月だから使う食材は栗で決まりだろうと先輩と話していたが、できるだけ手間のかからないものでないと間に合わない。

「――やっぱモンブランケーキだろ」

「ミニモンブラン？　でもあれ、試食で蓮香ちゃんに食ってもらったしなあ」

「デザイン変えたら？　前は丸だったんだから、今回は四角に。練り切りを、きんとんみたいにランダムじゃなくて線を書くみたいな感じでのせていく」

「あ、それならいいかも」

見た目が違うから新鮮だ。ケーキの上に栗《くり》の甘露煮をのせれば豪華になる。

「もう一工夫ほしいな。金箔《きんぱく》とか」

柴倉がつぶやく。金箔は確かに目を惹くが、それだと完全に和風に寄ってしまう。もう少し和洋折衷《わようせっちゅう》で親しみやすい要素がほしい。

「――あ、チョコレートは？　『月うさぎ』さんのところに御影石《みかげいし》の台があるんだ」

「なにそれ」

「テンパリング用の台だよ。ほら、パレットナイフと金属ヘラでチョコレートを混ぜるみたいにして細かく温度管理して滑らかにするやつ」

「それここでもできるのか？」

「攪拌《かくはん》用の道具と電子レンジ、温度計、あとはドライヤーがあれば」

「……温度計はわかるけど、なんでドライヤー？」

「微妙な温度調節にドライヤーが最適だって前に学校の食堂で聞いた。デザートにチョコレート出てて、そのときの雑談で。湯煎《ゆせん》って方法もあるけど、水分入ると即アウトだから」

「だからってドライヤーはないだろ。チョコは素直に『月うさぎ』さんに頼め」

柴倉に一刀両断された。だが、プリントされたチョコレートを栗の甘露煮とともにケーキにのせるという案自体は評価され、多喜次はほっと胸を撫で下ろした。手早くメモを取っていると、柴倉は次の話題だと言わんばかりに身を乗り出してきた。

「で、祐雨子さんは？　どうだったんだ？」

「――背中向けてたからよくわからなかった」

柴倉が渋面になった。しかし、あのぎこちない反応を本人に直接確認するのが躊躇われたのだ。眉をひそめていると、柴倉にヘッドロックを決められた。

「お前はガンガン攻めていくやつだろ⁉」

「俺だって空気くらい読む！」

「読まなくていいところで読むなよ！」

そんなふうに絡んでいたら引き戸が開き、常連さんがひょこりと顔を覗かせた。

「あら今日も賑やかねえ」

「男の子だもの、寒くても元気なのよ」

そんなことを言われ、多喜次たちは慌てて接客に戻った。

2

結婚式一週間前。

多喜次と柴倉は蓬萊まんじゅうのデザインを手に『まつや』を訪れた。一度目のデザインは即座に却下されてしまったので、これは二度目の提案になる。実現可能なデザインであること、予算内に収まること、女性が好みそうな華やかさがあることを意識した力作揃《ぞろ》いだ。祐からも、どんな無茶でも応じるという心強い言葉をもらっている。

「修一さん、今は出かけてるけど」

裏口で応じてくれた若い料理人は、多喜次たちに警戒しつつもそんな一言を口にした。

「――タキ、お前連絡取ってなかったのか？」

「だって柴倉が行こうって言い出したんだろ⁉」

「お前、修一さんのメル友だろ！　普通はお前が連絡入れてると思うだろ⁉」

言われてみればそんな気もしたが、普段のメールは修一の日記みたいなもので、彼の日常がつづられているだけだった。

「——修一さんのメル友？」

ふっと料理人の顔色が変わった。

「あ、あのさ、あのときの話、あれ冗談だから」

続けられた言い訳じみた言葉に首をかしげた多喜次は、すぐに彼の言わんとすることに気がついた。〝あのときの話〟とは、はじめて多喜次たちが祐に連れられて打ち合わせに来た日のことを言っているのだ。彼と彼の先輩にあたるであろう料理人は、板場に自分たちしかいないと思い込んで修一と修一の婚約者の陰口を叩いていた。

口止めしなければならない内容なら、はじめから職場で言わなければいいのに——そう思って多喜次は顔をしかめる。

「心配しなくても大丈夫ですよ」

警戒を解かせるような柴倉の笑みに、若い料理人はつられたように笑みを浮かべた。

「だ、大丈夫なのか？」

「あれから何日たってると思ってるんですか？　とっくに言ってるに決まってるじゃないですか」

続けられた柴倉の言葉に若い料理人の顔からさっと血の気が引いていく。多喜次が慌てると、柴倉はさらに言葉を続けた。

「俺ならね。タキはそんなタイプじゃないんで平気ですよ。でも悪口って楽しいですよね、無責任に垂れ流せるから。それが全部自分に返ってくるって気づかないうちは」

次に柴倉が見せたのは毒のある笑みだった。若い料理人は臆《おく》したように上体をのけぞらせ、多喜次は思わず額を押さえる。

どうやらあの一件は、柴倉にとっても不愉快なものだったらしい。

「もうその辺で勘弁してあげてくれないかな。彼も十分、反省しているようだから」

唐突に第三者の声が割り込み、ステンレス製の棚の陰から長身の男が現れた。細面《ほそおもて》ながらも目力《めぢから》のある美丈夫で、白の甚平にロングエプロンという『まつや』の料理人の定番スタイルが実によく似合っていた。

「せっかく来てもらったのに、不愉快な思いをさせてしまってすまないね。俺は恩田修一の弟で宗二です。蓬萊まんじゅうのデザインなら璃子さんに直接見てもらうのがいいと思います。久米くん、悪いけどあとをお願いできるかな」

「は、はい！」

若い料理人は和帽子を取り、ぺこりと頭を下げて調理台に駆け戻り他の料理人たちに交じって配膳の準備をはじめた。多喜次はちらりと調理台を見る。そして、器の選び方や盛り付け方を確認してごくりとつばを飲んだ。まだまだ素人然《しろうと》とした多喜次の目からも、宗二の仕事ぶりが際立っていることが見て取れたのだ。そのうえ彼は人柄もよさそうだ。

「こちらへどうぞ」

宗二は外へ出ると隣接するどっしりとした日本家屋へと足を向けた。庭が広い。玄関も大きい。上がり框《かまち》のサイズがなにか間違っている。廊下がつやつやで顔が映りそうだ。

「い、……いい……!!」

「タキ、興奮するな、仕事で来てるんだぞ！」

くすくすと宗二に笑われ柴倉に突っ込まれ、多喜次ははっとわれに返る。

「本当にごめんね。兄は今日、ずっと店にいる予定だったんだ。だけど芙季《ふき》さん――父の姉なのだけれど、彼女からあいさつに来いと電話があって、慌てて出ていったんだよ」

いくら伯母《おば》という立場であったとしても、電話一つで大の大人を呼びつけるなんて相当なことだろう。宗二の態度からも、機嫌を損ねると面倒な相手というのが伝わってきた。

「俺こそすみません。確認不足でした」

多喜次は素直に謝罪する。璃子が滞在しているのは一階の客間だったが、宗二が何度ふすまを叩いても返事はなかった。

「いないんですか、璃子さん？　蓬莱まんじゅうのデザイン案ができたみたいです。……寝てるのかな？　すみません、たまに寝ていることがあって……開けますね」

宗二が引き戸を開ける。室内を覗き込んだ多喜次は、十畳の和室一面に広げられた服に啞然《あぜん》とした。どれもカラフルで奇抜だ。縫製《ほうせい》はもちろんのこと生地からこだわり抜いたとわかる服の数々である。

「さ、さすがファッションデザイナー……これほとんど手作りとか驚異だな」

多喜次の言葉に、口元を引きつらせた柴倉が部屋の片隅《かたすみ》を指さした。

「しかもまだ作ってたみたいだぞ。ほらあそこ、毛糸の玉が大量に……」

「マジでポテンシャルすごいな。あ、今作ってるなら式に使うのかも」

ビニール袋から毛糸がいくつか転がり出ていた。しかし肝心の璃子の姿がない。

「昼はいたのに……ちょっとすみません」

宗二はズボンのポケットから携帯電話を取り出して耳に押し当てる。すぐに渋面で溜息をついた。

「電源を落としてるみたいです。入れておいてくれって頼んでおいたのに……すみません。よかったら俺に一度見せてもらえませんか？　隣の客間にどうぞ」

隣にも客間があるのか！　と、多喜次は仰天《ぎょうてん》する。淀川家にはリビングはあっても客間はない。和菓子屋だって六畳を二人で使っている状態だ。なんて贅沢《ぜいたく》なんだとうらやみつつ宗二について隣室に入る。そちらは六畳で天然木《てんねんぼく》のどっしりとしたテーブルと座布団が四つ置かれているだけのシンプルな部屋だった。

多喜次と柴倉がそれぞれデザイン案を渡すと、宗二は会釈して受け取った。兄の披露宴に出すまんじゅうのデザインだ。今まで家をあけていた人間がいきなり舞い戻ってきたのだからいろいろと思うところはあるだろう。けれど宗二の眼差しは真剣そのもので、料理人たちの会話から受ける印象とは真逆だった。

「どれも個性があっていいですね。この花は……百合ですよね？　あえて縁に置くのが面白いです。サイズを変えたものをいくつか並べるデザインも目を惹く」

多喜次のデザイン案と柴倉のデザイン案を一つずつ取り出して評価する。さらに彼は、いったん席をはずすと紙とペンを手に戻ってきて、さらさらと百合を二輪描きはじめた。その周りにアセビの花を添えていく。同じテーマなのに目を見張るほど上品だ。

「……天才か……!!」

「タキ、心の声が漏れてるぞ。ダダ漏れだ」

手を止めた宗二が多喜次たちを見て苦笑する。

「結婚式に使う百合は白が多いけど、これはピンクなんだね」

「蓬萊まんじゅうが白なので。そういえば知ってましたか？　百合はフランスの国花なんですよ！」

「交配に重用されたヤマユリが日本原産って考えるとすごい出世だよね」

「日本原産なんですか⁉　そう言われてみると和風な趣《おもむき》が……」

驚かせようと告げた多喜次は、宗二の一言に逆に驚かされた。あじさいもフランスで品種改良されているし、遠い国なのに妙な親近感を抱いてしまう。

「フランスっていえば、最先端のモードだよね。やっぱりファッションデザイナーってフランスに憧れるのかな」

まるで独り言のような言葉だった。多喜次は素直にうなずいた。

「憧れると思います」

柴倉が店に来る前に働いていた和菓子職人は、和菓子の本場である京都で修業したいと出ていった。今もきっと〝本物〟を求めて修業に明け暮れていることだろう。

「でも俺、本場だけが本物じゃないと思ってます。自分が学びたいものが、自分にとっての本物であり、目指すものだから」

「自分にとっての、本物」

宗二が繰り返すのを聞き、多喜次は深くうなずいた。

「俺の本物は『つつじ和菓子本舗』にあるんです」

「――俺にとっての本物も、きっと君と同じようなものだよ。だけど、あの人には……」

宗二はそこまで言って言葉を呑み込んだ。複雑な顔で溜息をつき、謝罪してきた。

「ごめん、よけいな話だった。もう少しアイディアをお願いしてもらっていいですか？」

多喜次は柴倉と視線を交わし、ここは素直にうなずいて席を立つことにした。家の前で別れて庭を出たところで足を止める。

「……なあ柴倉」

「ん？」

「俺たちが費やした二週間ってなんだったんだろうな」

ほんの数分で描いた宗二のデザインのほうが勝《まさ》っているし細部まで丁寧に描き込まれていた。デッサンを見つめてぶるぶると震える多喜次に柴倉が顔をしかめる。

「中途半端に打ち切られたさっきの会話にひっかかってるんじゃないのかよ！　確かにうまいけどさ！」

「――だってあれって、会話の流れからしたら璃子さんのことだろ」

「花婿《はなむこ》のことじゃなくて？」

「修一さんの〝本物〟はここだと思う」

断言した多喜次は、店の裏口に立つ修一に気づいた。帰ってきたばかりの彼に声をかけようとした多喜次は、その表情がひどく暗いことに気づいて口を閉じた。疲れたように見えるのは、以前はなかった目の下の隈《くま》のせいだろう。顔色もすぐれない。メールではあんなに元気そうだったのに、まるで別人のようだった。

そんな彼が、大きく息を吸い込んで、ぐっと和帽子をかぶり直した。

顔つきが変わる。暗い表情は一瞬で消え、口元に笑みさえ浮かべている。

「遅くなりましたー」

彼はそう言って裏口から板場に消えた。

料亭のみんなが彼を非難している。あんな職場、楽しいはずがない。それでも彼は泣き言など言わないのだ。

無言で裏口のドアを睨んでいると、急に肩にずっしりと重みが加わった。

「頑張り屋なのよ」

耳元で聞こえたのはどこかけだるげな璃子の声だった。多喜次が悲鳴を呑み込むと、隣に立つ柴倉もぎょっとしたように数歩離れた。どこから来たんだと問うまでもない。彼女は自宅の真正面の門を通り、庭を横切ってここまでやってきたのだ。

「香水、つけてないのね」

彼女はそう言って多喜次から離れ、今度は柴倉にくっついて深呼吸し「こっちも無臭」と慌てる柴倉を無視して変な確認をする。

「料理人だから。仕事中は、普通、そういうのはつけないんです」

多喜次がしどろもどろに答えると、璃子は意外だと言わんばかりに目を瞬《またた》いた。料理をするときに香水をつけるのは御法度《ごはっと》だ。お客様だってきつい香水を遠慮してもらう店があるくらいだし、マナー違反だと非難されることだってある。

「……料理人」

璃子は咀嚼《そしゃく》するように繰り返す。

「修一も、香水つけないのよ」

「それは修一さんが料理人だから」

「今までで一度もつけたことがないわ」

——もしかしたら、修一は音楽に触れるあいだもずっと料理のことを思っていたのではないか。だとしたら今の状況は、多喜次が考えるよりはるかに辛いはずだ。

言葉もなく立ち尽くす多喜次の手元を覗き込んだ璃子は、あらっと小さく声をあげた。

「そのデザイン素敵ね」

あっけらかんとそう言われ、多喜次は紙を持ち上げる。

そして、蓬莱まんじゅうのデザインは恩田宗二のものに決まったのだった。

3

老舗料亭『まつや』の長男である恩田修一の結婚式を翌日に控えたその夜、多喜次は神妙な顔で調理場に立っていた。

夕食はいつものように鍵屋で食べた。風呂もちゃっかり借りてきた。

準備万端である。

「紅白まんじゅう用の小豆《あずき》準備よーし、蓬莱まんじゅう用の小豆も準備よーし」

箱も確認ずみだ。道具もすべてそろっている。あとは明日を待つだけ――だが、『月うさぎ』とのコラボも明日なので、多喜次には別の仕事がある。

「えっと、まず蒸菓子《むしがし》の準備だよな。せいろ、せいろ」

もともとの作り方は生あん――炊《た》いた小豆から皮を取りのぞき、すり潰して水分を抜いたもの――に米粉と砂糖を入れてそぼろ状にしてから蒸す棹物《さおもの》と呼ばれる和菓子である。本来は小豆を使うが、今回はスポンジケーキのイメージなので白小豆を使って作るのだ。

気合いを入れて腕まくりしたところで柴倉が二階から下りてきた。

「あ、悪い。うるさかったか？」

そっとせいろを持ち上げる多喜次を見て柴倉が頭をガリガリと掻いた。夜九時──いつもならスウェットに着替えている時間なのに、少なくとも鍵屋で食事をしたあとは作業着など着たことがなかった柴倉が、今は作業着を身につけている。

「一晩中ごそごそやられたら寝られないだろ」

柴倉はそう返したが、彼は寝入るとちょっとやそっとのことでは起きないのですぐに嘘だと気がついた。心配してわざわざ手伝いに来てくれたのだろう。

「柴倉、お前いいやつだな！」

「う、うるさいからだって言ってるだろ！　ニヤニヤしてる暇があったら練り切りの準備するぞ。手亡《てぼう》ってそのボウルに入ってるやつ使っていいのか？」

手亡とは白インゲン──つまりは練り切りの材料である。

「え、柴倉、やれるのか⁉」

柴倉が餡の仕込みの手伝いをしているのは知っていた。和菓子職人として一歩も二歩も前を行く柴倉に嫉妬《しっと》して壁に頭突きをしたことさえあった多喜次は、柴倉がさらに次のステップに進んでいることに素直に驚いていた。

そして彼は、睡眠時間を削ってまで多喜次に手を貸そうとしてくれている。

「お前一人じゃ間に合わないだろ」

　多喜次は和菓子ケーキの数を減らす気でいた。材料だって少なめに用意していた。それが自分の限界だと知っていたからだ。協力してもらえるなら妥協《だきょう》しなくてすむ。

「お前、イケメンで接客完璧で俺が憧れてる和菓子職人ってだけで羨望《せんぼう》の的なのに、そのうえ気遣いもできるとか、本当にムカつくな！」

「褒めたいなら素直に褒めろよ」

　感激のあまり混乱する多喜次と呆れる柴倉の耳に「あの」と小さな声が届いた。

　裏口のドアを細く開け、祐雨子が顔を覗かせていた。

「私もお手伝いできないかと、戻ってきちゃいました」

　こちらは綿のシャツにスリムなパンツとコートというスタイルだ。驚きに目をまん丸にする多喜次に、祐雨子はひかえめにうなずいてみせた。

「それから、お父さんから伝言です。今ある材料はなにを使ってもいい。その代わり、ちゃんと補充しておくようにって。なにを手伝えばいいですか？」

　祐雨子が祐から正式な許可が下りたことを伝えてくれた。そんな祐雨子をまじまじと見て、柴倉がぐっと親指を立てた。

「すっぴんグッジョブ。超好み」

柴倉の言葉に感動が吹き飛んだ。多喜次は柴倉を睨む。だが、ふんわりとただよってきたシャンプーの香りに思わず無言で親指を立てていた。今日は寝なくても平気そうだ。

「よーし、やるぞ！」

多喜次は気合いを入れた。


朝、開店して三十分たった店内は、いつにない熱気に包まれていた。

「タキ、それ並べ終えたら配達してこい！　粗相《そそう》のないようにな！」

祐の声に多喜次は「はい」と返事をする。多喜次がショーケースに並べているのは、祐雨子や柴倉が手伝ってくれた和菓子ケーキ『栗ざんまい』である。栗あんをたっぷり使った和菓子ケーキは生地にも栗が練り込んである贅沢な一品だ。しかも、見た目はちっとも和菓子ではない。常連客も初見《しょけん》のお客様も興味を持つに違いない会心《かいしん》の品だ。祐雨子が興奮して携帯電話で写真を撮っていたことからも、その完成度は折り紙付きである。

ストックも十分にある。

「配達行ってきます！」

調理場に戻った多喜次はまんじゅうを車に運び込むと元気に店を飛び出した。

ちなみに祐が店に来たのは朝の三時だった。正直、早朝というより夜中という感覚なのだが、多喜次たちが心配でゆっくり休んでいられなかったようだ。「やり残したことがあったのを忘れていた」と、しばらく調理場でうろうろしてから、紅白まんじゅうを作りつつ多喜次たちの手伝いもしてくれたのだ。

恵まれていると思う。みんなの厚意が嬉しくて、疲れなんて吹き飛んでいた。

「修一さんも、なんとかなるといいんだけどなあ」

メールは相変わらず他愛《たわい》ない話題と体調を崩す婚約者の心配ばかりがつづられていた。

赤信号でブレーキを踏んだ多喜次は、ゴミの集積所に野々村璃子の姿を見て目を瞬いた。

ゴミ袋を集積所に置いた彼女は、しばらくその場にたたずんだあと歩き出した。

半透明のビニールから派手な柄が透けて見えている。

「え、あれ？　もしかしてあれって、璃子さんの服？」

彼女がデザインし、彼女が作った大切な服。料亭で着るには派手すぎるが、なにも結婚式当日に捨てる必要もないだろう。

「あ、あてつけとか？　いや、この場合は踏ん切りかなあ」

悶々《もんもん》としながら『まつや』に着くと、職人たちの手を借りてまんじゅうを板場に運び込んだ。板場はすでに配膳作業がはじまっていて、老舗料亭の総力を挙げたような上品で雅《みやび》な料理が並んでいた。

「跡取りの結婚式だからね」

そう笑ったのは今日の披露宴を取り仕切っている弟の宗二だった。不満そうな料理人たちをうまくなだめて手足のように使っている。頼もしく眺めていた多喜次は、板場の片隅にぽつんとたたずむ修一を見つけて近づいていった。

「本日はおめでとうございます」

「ありがとう。朝早くからごめんね」

「いえいえ。あ、……えっと、あの、璃子さんなんですけど」

言うべきか黙っておくべきか悩んだ多喜次は、判断を修一に任せることにして、先刻見た光景を話した。しかし彼は「まさか」と笑ってすぐには信用しなかった。それほど彼にとってはあり得ない話だったのだ。

「挙式までまだ時間ありますよね？　少しつきあってください」

多喜次は修一の手を引き集積所に行った。修一はゴミ袋を見るなりさっと顔色を変えた。

「どうしてこんな……作品は自分の子どもみたいなものだって言ってたのに」

修一は当惑して袋を持ち上げ、通行人が奇異の眼差しを向けるのも構わずに袋を開けた。中身はやはり彼女が作った服で、持ってきたものがほとんど入っているようだった。

たくさんの毛糸を持参して新しいものを作り出そうとしていた彼女が、どうしてそんなことをしたのか──多喜次が困惑していると、修一はゴミ袋からなにかを掴み出した。

少し厚めの長細い紙に英語と数字が印刷されていた。

「──フランス行きのチケットだ」

修一の言葉に多喜次は思わず彼の手元を覗き込んだ。日付は今日、時間は十二時になっていた。修一はゴミ袋を摑むと猛然と駆け出した。多喜次も慌てて彼のあとを追う。

店に近づくと、修一の走る速度がいや増した。

多喜次が修一に追いついたのは恩田家の門の前──野々村璃子を見つけた修一が走る速度を落としたからだった。彼女は修一にチケットを突きつけられて真っ青になった。

「どうして捨てたんだ？」

修一の質問に璃子は唇を噛んでうつむいた。

「質問を変えるよ。──どうして今まで持っていたんだ？」

璃子はますますきつく唇を噛む。

「パスポートは持ってるよな？」

修一の奇妙な質問に璃子がバッグを胸に抱いて顔を上げる。

「留学の夢、あきらめられなかったんだろ？　ぎりぎりまで悩んだんだよな？　一番大切なものまで捨てなきゃあきらめられないなら、それは間違った選択だ」

修一は微笑んで璃子の手を摑んだ。

「行こう、まだ間に合う」

「修一？　なに言って……」

「今行かなきゃ後悔する。俺は璃子に後悔してほしくない」

駅に向かおうとする修一に、多喜次はとっさにバンのキーを差し出していた。

「これ使ってください」

修一はうなずくと、戸惑う璃子を助手席に押し込んで車のエンジンをかけた。

車を見送った多喜次は、すぐにはっとわれに返った。

「し、しまった……!!」

ここは間違いなく修一を止める場面であったはずだ。それなのに車のキーを渡し、背中を押してしまった。多喜次はとっさに携帯電話を取り出した。今ならまだ間に合う。修一に電話をし、戻ってくるように説得する。結婚式は今日だ。みんなが彼らの晴れの日のために動いている。だいたい、璃子をフランスに送り出して修一はどうする気なのだろう。たった一人、花嫁に逃げられた花婿として皆の前に立つというのか。

「う〜〜〜〜〜」

これでは針のむしろだ。

それくらいなら戻って式を挙げ、二人で助け合ったほうがマシではないのか。修一の性格ならいつか店の者たちに認められるかもしれない。璃子だって、大切なものを捨てようと思いつめるほど真剣なのだから、きっと誰もが認める立派な女将になるはずだ。

「挙式は十一時からだよな。式が終わって移動して店で披露宴。あれ？　花嫁の着付けって何時から？　今から呼び戻せば間に合う？　っていうか、それ二人が望んでるのか？」

修一が晒《さら》し者になることだけは避けなければならない。だけど修一は、それすら覚悟の上で璃子をフランスに留学させようとしている。彼はきっと、自分のことよりも相手のことを第一に考えて、平気そうに笑うだろう。

「あああああっ!!　どうすればいいんだよ！」

頭をかかえて叫んだら、偶然家の前を通りかかった人がびくりと肩を揺らした。家紋入りの着物を金の帯で飾った六十代とおぼしき厳しい表情の女性だった。

「なんですか、騒々しい。あなた、『まつや』の人間ですか？」

眼光鋭く尋ねられ、多喜次は思わずじっと相手を見つめた。誰かに似ているような気がしたのだ。小柄だが妙な威厳《いげん》があって、いかにも気難しげな様子――。

「答えられないのですか？」

苛立つように問われて、多喜次は慌てて首を横にふった。ちょうどそこに宗二が通りかかり、「どうかしたんですか？」と近寄ってきた。

「まあ、宗二さん！」

「遠いなか、ご足労をかけました。一番乗りですね、芙季さん」

ぱっと険しい表情をとく女性に宗二は親しげな笑みを向ける。芙季というと、伯母にあたる女性だ。あいさつに来いと修一を呼び出し、おかげでデザイン案を見てもらえず、宗二がさらっと描いたデザインが採用された苦い思い出とセットで覚えている。

「──修一さんは？」

名前を呼ぶのも不愉快だと言わんばかりに芙季の表情が硬くなる。宗二は首をかしげた。

「それが、捜しているんですが見つからないんです」

「まったくあの子はなんなんでしょうね！　要領が悪いうえに迷惑ばっかりかけて。結婚相手の方も、ご両親がいらっしゃらないってどういうことなんですか！」

「すみません。璃子さんは母子家庭で、その母親とも死別されているそうで」

「だからって花嫁側の親族が誰もいないだなんて、どんな問題のある方と結婚されたのかといい笑い者ですよ！」

「あ、あの、宗二さん」

会話に割って入るように声をかけた多喜次は、宗二と芙季の視線にさらされて言葉を呑み込む。ここで修一のことを話すのはまずいと直感で判断したのだ。

「――芙季さん、式場に移動するまでまだ少し時間があります。部屋で休んでいてください。芙季さん好みのいい茶葉があるので誰かに淹れさせます。どうぞこちらへ」

丁寧にうながされ、芙季は怒りを収めて玄関に消えた。

戻ってきた宗二に多喜次は頭を下げる。

「すみません。修一さんなんですが――その、璃子さんを……空港に、連れていきました」

「ああ、じゃあチケット見つけたんだ」

「え、知ってたんですか⁉」

「何度か璃子さんを呼びに行ったとき、服の中に埋もれてるのを見かけて……まさか兄貴が式当日気づくとは思わなかったな。もっと早くに気づいて大騒ぎすると思ったんだけど」

「え、あの、冷静に納得してる場合じゃないと思うんですが」

多喜次はすでに心臓がバクバクだ。招待客が来たことによって、ことの重大性が改めて突きつけられた気がした。今は正否《せいひ》を自問している場合ではない。

「とにかく俺、修一さんに電話をします！」

多喜次は携帯電話を取り出して電話をかけた。コール音がすぐ近くから聞こえ、多喜次は唖然と宗二を見る。

「これ、板場に置いてあったんだ。だから兄貴を捜してて。ちなみに璃子さんはスマホの電源切ってるから」

絶体絶命だった。

「お、俺、よけいなことした……!!」

「……ちょっと待ってて」

愕然《がくぜん》とする多喜次をその場に残し、宗二はいったん家の中に入る。

ここに修一の味方なんて一人としていない。そんなことなどとっくに知っていたのに、修一の身を案じようともしない彼らの態度にひどく打ちのめされてしまう。

宗二は、二分ほどで多喜次のもとへ戻ってきた。

「俺はここから離れられないから、これ、渡してもらってもいいかな？」

宗二は携帯電話と冊子、チケット、封筒を多喜次に手渡した。冊子には『日本国旅券』と菊花紋章、ジャパンパスポートの文字。チケットはフランス行き、そして封筒は――。

「先立つものがないとね。たいした額ではないけど、しばらくは食べていけると思う」

「ま、待ってください！　封筒の中身ってお金ですよね⁉　それにこのチケット！　修一さんのパスポート！　なんで宗二さんが……⁉」

「パスポートはさすがに俺じゃ作れないよ。それは兄貴が自分で作ったやつ。たまたま見つけて、海外旅行に行くのかって訊いたら言葉を濁《にご》した。それでわかったんだ。璃子さんと一緒にフランスに行く気だったんだろうなって。あ、そうだ忘れるところだった!」

宗二はもう一度家の中に駆け込み、ボロボロのギターケースを手に戻ってきた。

「これも渡してあげて」

「だ、だけど……」

「それから言伝《ことづて》もお願い。璃子さんたぶん妊娠してて、兄貴はそれに気づいてないと思う。だから、無茶させちゃだめだよって」

「い、いいいいい行ってきます!!」

躊躇う気持ちが吹き飛んだ。連日の不機嫌顔はつわりが原因だったのだ。逆プロポーズも、急な結婚話も、全部妊娠したことがきっかけだったのだろう。

多喜次は駐車場に向かって全速力で走り、そこにバンがないことに当惑し、すぐに修一に車を貸したことを思い出した。多喜次はそのまま駅まで走る。ギターケースを持ち慣れていないせいかものすごく走りづらく、すぐに息が切れてしまう。

「えっと、空港に行くには……」

駅に入る手前で足を止め、体を傾けて携帯電話を取り出す。奇異の目なんて気にしていられなかった。駅名と空港の名前を打ち込んでいると、背後で車がとまる気配がした。

「タキくん！」

車の後部座席の窓が開く。

「ほらママ、やっぱりタキくんだった！」

「こら、蓮香やめなさい！　タキくんじゃなくて淀川さんでしょ！　すみません。信号待ちしてたら、タキくんがギター持ってるってうるさくて」

助手席側の窓が開き、運転席から蓮香の母親が身を乗り出すようにして謝罪してきた。後部座席、蓮香の隣に座って興味津々《しんしん》な眼差しを向けてくるのは蓮香の姉だろう。二人ともぱっちりと大きな目が母親譲りだった。

呑気《のんき》に世間話をしている場合ではないが、邪険にすることもできない。多喜次は手を止めて「おはようございます」とお辞儀をした。

「ギター弾けるの？　すごいわねえ」

「これは俺のじゃなくて、ちょっと届け物で、これから空港まで行かなきゃならなくて」

「空港⁉　これから⁉」

「はい。それで行き方調べてて」

乗り換えは何回必要だろう。そもそも慣れないところに行くのに間違えてしまわないだろうか。電話も通じない状況で、時間までに二人を捜しきれるかどうか。

考えるだけでいやな汗が背筋を伝った。

もしも間に合わずに璃子だけが日本を発《た》ったら、あの二人はどうなるのだろう。

「――何時までに？」

「え？　あの、飛行機はフランス行きで、十二時って書いてあって」

「搭乗手続きは一時間前よ。電車じゃ間に合わないわ。乗りなさい。愛香《あいか》、蓮香、いいわね？」

母の質問に、蓮香はうなずく代わりに車から降り、ギターケースを奪うと多喜次を助手席に押し込み後部座席へと戻った。

「はい、シートベルトして！」

「今から空港に行ったら『月うさぎ』のケーキが売り切れます」

走り出す車に慌ててシートベルトをしながらも、多喜次はそう訴えていた。二週間に一度の特別な日。きっと買い逃さないようにわざわざ朝から車を出したのだろう。彼女たちのためのケーキなのに、これでは本末転倒だ。

「今日は蓮香と一緒のケーキにするから平気！　そうしたらパパとも一緒だし！」

蓮香の姉が答えると、補足するように蓮香も口を開いた。

「パパね、甘いもの大好きなのに小麦粉がだめだから、ずっとケーキ食べられなかったの。だけど今は和菓子ケーキが食べられるから、ケーキの日は頑張ってお仕事終わらせて早く帰ってくるんだよ！　今日はお家《うち》でお留守番だけどね！」

「ねー！」

後ろできゃあきゃあと少女たちが暴れている。姉妹とはこんなにも麗《うるわ》しいものなのかと、多喜次は驚倒しながら彼女たちの言葉を聞いた。

「ほら、あなたたちもシートベルト！」

蓮香の母はバックミラー越しに二人を睨む。そして、多喜次に苦笑を向けた。

「ごめんなさいね、うるさくて」

「いえ、ありがとうございます。本当に、助かりました」

「――お礼を言うのは私のほう。ケーキの見た目を似せてくれてるでしょ？　味も似てて、娘たちはそれが嬉しいみたいなの。次はどんなケーキだろうねって二人で話し合ってるのよ。だからこれはささやかながら恩返し。さあ、高速に乗るわよ！」

そう言って、彼女はハンドルを握り直した。

「多喜次くん、遅いですよね」

「またなんかトラブルに巻き込まれてたりして。まああいつの場合、巻き込まれるというより突進していく感じだけど」

「トラブルって、おめでたい日に怖いことを言わないでください」

「冗談ですよ、冗談。いくらなんでも……」

祐雨子が震えると柴倉も口ごもった。顔を見合わせ、祐雨子は携帯電話を取り出し多喜次の番号へかける。

だが、繋《つな》がらない。

「祐雨子さんからの電話に出ないって、それ非常事態ですよ」

柴倉が顔色を変えた。その一言になぜだかとても動転し、祐雨子はぎゅっと携帯電話を胸に押しあてた。

多喜次はいつも、ちゃんと電話に出てくれていた。授業のときですら電話に出て『あとで折り返します』と告げるくらい律儀だった。

祐雨子は不安を振り払い料亭『まつや』に電話をかけた。だが、商品は納入ずみで、配達した職人は帰ったと言われた。いつも多喜次は配達が終わったらまっすぐ店に戻ってきていた。ましてや今日は和菓子ケーキが店頭に並ぶ日だ。売れ行きを気にし、休憩を取るのも惜しんでショーケースを見つめるような彼が帰ってこないなんて考えられない。

なにかあったのかもしれない。そう思うとじっとしていられなかった。

祐雨子は調理場に入るなりコートを摑んだ。

「すみません、少し休憩をいただきます。店番をお願いします」

「俺も休憩入ります！」

来月用の和菓子の案を出していた祐が怪訝な顔をするのも無視し、都子に頼むと二人は裏口から外に出た。あとは脇目もふらず料亭に向かって走った。

『まつや』に着くと、社用車であるバンを捜した。だが見つからない。不安がどんどん大きくなって、足がすくんでしまう。

「配達は終わって、どこか寄り道をしているということですか？　でも、配達に出たのは九時頃ですよね。もうすぐ十一時です。寄り道にしても遅すぎます」

配達だけなら三十分で足りただろう。祐雨子はもう一度、多喜次に電話をかけた。

今度は数コールで繫がった。

「多喜次くん⁉　よかった……あの、お、お疲れ様です。今どこですか？　配達は終わってるのに、どうして帰ってこないんですか？」

前のめりで尋ねると、はあはあと荒い息づかいが聞こえてきた。まるでいたずら電話だ。

祐雨子はいったん携帯電話を耳から離し、様子をうかがってきた柴倉に「大丈夫」と視線を投げてから再び耳に押し当てた。

『ご、ごめん。今、空港。構内、走り回ってるところっ』

「空港⁉　どうしてそんなところにいるんですか⁉」

『事情は、あとで、説明する。ごめん、今、時間がない……‼』

必死な声に祐雨子は当惑する。柴倉に視線をやったとき、ちょうど、恩田宗二が小走りでこちらにやってくるのが見えた。

「わかりました。あとで連絡をお願いします」

切迫した様子に言及をあきらめ、祐雨子は通話を切って宗二に向き直る。

「今の、つつじ屋さんの若い職人さんですか？」

電話の相手を訊かれ、祐雨子はうなずいた。

「今、空港にいるそうです。あの、申し訳ありません。おまんじゅうは……」

「大丈夫です、無事に配達していただきました。職人さんには別のものを配達してもらっているんです。すみません、断りもなく勝手に頼んでしまって」

どうやら宗二からの依頼らしい。祐雨子は胸を撫で下ろし、すぐに首をかしげた。

「でも、空港に配達なんて、一体なにを頼んだんですか？」

「それは……」

宗二が答えようとしたとき、店の裏口から若い料理人が飛び出してきた。顔が真っ青だ。彼はそのまま宗二に詰め寄った。

「宗二さん、結婚式取りやめってどういうことですか⁉ 今、招待客が式場から披露宴会場に移動して騒いでるんです‼ 櫻庭神社からも確認の電話が……‼」

「櫻庭神社には謝罪にうかがうと伝えてくれ。みんな、会場に集まってるのか？」

「は、はい、板長も、女将も、そちらに」

ここで言うところの板長は花板《はないた》である宗二たちの父親で、女将はその妻である。つまりは招待客が勢揃いということになる。店内からかすかに怒鳴り声が聞こえた。宗二は若い料理人と顔を見合わせ、裏口から店の中へと入っていった。

「……ど、どうしましょう？」

「行きましょう」

祐雨子は多喜次のことを心配して問いかけたのだが、柴倉は店内の様子が気になるようだ。きりっと答えて戸惑う祐雨子の手を引いて裏口を開けた。

「つつじ屋です！ うちの職人がなにかトラブルを起こしたとうかがったんですが」

「し、柴倉くん⁉」

思いがけない口実で強引に板場に入った柴倉は、焦る祐雨子に「しっ」と指で合図する。板場の様子がただ事ではない。皆が不安げに視線を交わし口々に跡取り息子――恩田修一のことを話していた。

どうやら修一がいないらしい。そのうえ、花嫁の姿もないと言うのだ。土壇場《どたんば》で逃げたのではないか、しょせんその程度の男だったんだ、いい恥さらし、どう責任を取るつもりだ――不安はやがて怒りへと変わる。

「すみません、『つつじ和菓子本舗』です。うちの職人がご迷惑おかけしました。披露宴の会場はどちらですか、謝罪にうかがいます」

柴倉は皆の前に移動してよく通る声で告げた。ぎょっとしたように黙った彼らにぺこりと頭を下げ、柴倉はそのまま靴を脱いで廊下に上がった。祐雨子も慌ててそのあとを追う。

「タキ、あいつ絶対かかわってる……!!」

どうしてそういう解釈になるのかわからないが、柴倉は確信を持ってどんどんざわめきに近づいていく。そして、大量のスリッパが置かれたふすまの前で立ち止まった。

「柴倉くん、だめです」

祐雨子はふすまを開けようとした柴倉を止める。ここで乱入したら大問題になる。もしトラブルの発端が本当に多喜次だとしても、謝罪は『まつや』が望まない限りは店側にのみすべきだろう。

「集まっていただいたのに、本当に申し訳ありません」

ざわつく室内に低い声が響く。柴倉が「父親の声だ」と小さくつぶやいた。どうやら今話しているのは花板であり修一の父でもある恩田定助らしい。

「まさか結婚式の直前に逃げ出すとは思わなかった。あいつにはほとほと愛想が尽きました。あんなのは俺の息子じゃねえ。二度と家の敷居をまたがせる気はありません」

「でしたら、『まつや』はどうするおつもりなの？」

責めるように聞こえてきたのは高齢の女性の声。

「――姉さんの望み通りですよ。『まつや』は弟の宗二に継がせます。俺もはじめからそのつもりでした。もともと修一はどうしようもなく不器用なたちで、なにをやらせてもだめだったんだ。料理を捨てたあんなクズに店の看板なんて……」

その言葉が終わる前に、祐雨子はふすまに手をかけていた。ほとんど無意識にふすまを開くと、同じように柴倉も勢いよくふすまを開けていた。祐雨子は驚いて柴倉を見て、すぐに集まってくる視線にはっとわれに返った。

赤い布がかけられたテーブルが並ぶ宴席には、スーツやパーティードレスの人もいれば紋付き袴《はかま》の男性、黒留袖《くろとめそで》でめかしこんだ女性も多くいた。老舗料亭の跡取り息子の婚礼とあって招待客の年齢は高めで、誰も彼もが堅苦しい雰囲気だった。

上座、本来なら花婿たちがいるべき席の隣に、ひときわ厳しい表情の壮年の男がいた。恩田定助だ。

「つつじ屋さん……？」

怪訝な顔の定助に背中がひやりとした。だが、これ以上は聞かないふりはできなかった。

「恩田くん……修一さんは、いい加減な人間じゃありません。これにはきっとわけが……」

「――わけ？　集まった皆様をないがしろにしてもいいほどのわけ？」

定助の刺々しい一言に祐雨子はぐっと唇を噛む。礼儀を欠いた。その事実だけは変わらない。それに、祐雨子が中途半端に擁護《ようご》したことがさらなる反感を招いたのか、誰もが睨みつけるように祐雨子を見てきた。

もう一度口を開こうとした祐雨子を柴倉が制した。一歩前に出る柴倉に祐雨子が戸惑いの眼差しを向ける。だが、柴倉がなにか言う前に、上座から別の声が聞こえてきた。

「兄は確かに不器用でした」

断言したのは、奥のふすまを開けた宗二だった。

「本当になにをやってもだめなんですよね。包丁の扱いはいつまでたっても下手だし、味に対しても鈍い。盛り付けだって必ず手直しがいる。接客だって、焦ってよく失敗してたし――まともにできたのは皿洗いくらいだったかな」

いきり立っていた宴席が辛辣《しんらつ》な宗二の言葉に静まりかえる。顔を見合わせ、笑うべきなのかたしなめるべきなのか判断に困っているようだった。

「あの、でも……」

祐雨子がフォローしようとしたとき、その言葉にかぶせるように宗二が告げた。

「兄は小学生の頃からずっと料理人になるんだって店に入り浸っていました。だけど不器用で、弟の俺にも敵わなかった。当たり前ですよね。俺は小さな頃から神童《しんどう》なんて言われてもてはやされた。当然、店は俺が継ぐものと誰もが思ったし、俺だってそのつもりでした。もし俺が兄の立場だったら、十年も無駄なことに費やしたりしない」

朗々《ろうろう》と響く声。傲慢《ごうまん》とも思える言葉に皆の反応も鈍くなる。

宴席を見渡して皮肉っぽく笑ったあと、宗二の表情が一転した。

「だけど兄は立派な料理人になろうと懸命に努力してきた。はじめは俺もそれを見て呆れていた。どうせできないいんだからやめればいいのにとさえ思った。でもその姿は、いつの間にか俺の目標になっていた。慢心せず、一つのことに打ち込む――努力は誰にだってできる。だけど、努力を続けることは難しい」

それは真摯《しんし》な言葉だった。まっすぐで美しい言葉だった。

「俺が料理人として今もここにいるのは、兄がそれを示してくれたからだ。だから俺は、兄が帰ってくるまで、店ののれんを守るために精進します」

「――修一は、大学に行って料理を捨てたんだぞ」

父親の言葉に宗二は苦笑した。

「捨てたんじゃないよ。兄貴は自分がいたら弟がのれんを継げないって身をひいたんだ。本当はこの店が大好きだったくせに――それ知ってたから、結婚するって電話をかけてきたとき、店に戻ってくるように俺が頼んだんだよ。兄貴は人がいいから断れなくて……兄貴にも璃子さんにも、いやな思いをさせちゃったなあ」

そう溜息をつく宗二のもとに若い料理人が近寄っていった。

「修一さんは店を継ぎません。だ、だって、あの人のところには、音楽プロデューサーって人からしょっちゅう電話がかかってきてたんだ。なんでデビューしないんだ、絶対売れるからプロになるべきだって。そんな人が、板前なんて、やるわけがない……!!」

これは宗二も初耳だったらしく驚いたように目を瞬いた。そして、晴れやかに笑った。

「大丈夫。兄貴なら音楽続けながら料理人だってやってみせるさ。あの人は努力家だから」

信頼に裏打ちされた言葉に祐雨子は胸を押さえ、ああそうか、と納得する。

恩田修一は十年をかけて弟を育て、さらに十年をかけて自分を育て直したのだ。そしてその努力は、ちゃんと次に繋がっている。

いつか彼は、彼自身の努力によって、新しい道を切り開いていくのだろう。

黙って話を聞いていた定助は、大仰に溜息をついた。

「――宗二は引き続き次板ってことでいいですかね、姉さん」

息子の意志が固いことを見て取っていったん収める気になったらしい。姉さんと呼ばれた女性は不満げな顔ながらもうなずいた。

「その代わり、その蓬萊まんじゅうはさっさと片づけてちょうだい」

ケーキ代わりに用意されたものだ。見るのも汚らわしいと言わんばかりの表情だった。

ここで食い下がったのは宗二だった。

「芙季さん、それ俺がデザインしたものだよ」

「嘘おっしゃい。ピンクの百合なんてあてつけがましい――花言葉をご存じないの？　虚栄心というのよ」

そう指摘されて、宗二は「あっ」という顔をした。祝いの場にふさわしくない花だったのだ。色によって意味が変わる花はいくつもある。だが、変わらないものもある。

祐雨子はとっさに口を開いた。

「それは百合じゃありません。カサブランカです」

ユリ科ユリ属、色は違っても花言葉は共通していたはずだ。確か——。

「高貴、威厳、祝福。西洋では祝賀《しゅくが》の意味もあります」

「……では、そのカサブランカの周りの花は？」

まさかそっちまで言及されるとは思ってもみなかった。祐雨子は小さな白い花をつける枝を思い出す。だが、花言葉を訊かれれば花の形や系統から連想できるのに、その逆は思った以上に難しい。そもそも花言葉に選ばれる花は華やかなものが多く、白い小さな花が群生しているものが思い浮かばない。いっそ桜と答えてしまおうか——だが、優美な女性という花言葉はこの場にふさわしくなかった。

「そ、その花は」

「南天《なんてん》ですよ」

背後からいきなり聞こえてきた祐の声に、祐雨子はぎょっと振り返った。祐は、なにをやってるんだお前は、という顔で祐雨子をひと睨みしてから宴席へと向き直る。

「——あなたは？」

年配の女性、芙季に睨まれても祐はびくともしなかった。和帽子を取り、一礼する。

「今回、蓬莱まんじゅうを作らせていただいた『つつじ和菓子本舗』の職人、蘇芳祐と申します。南天は難を転じる木として昔から親しまれているもので、今回ご依頼いただいたのはその花になります。今は目立たない花ですが、いずれ結実し、福を呼ぶ——なかなか洒落《しゃれ》がきいているとは思いませんか？」

努力はいずれ実を結ぶ。なんだかそれが修一の未来を暗示しているようで、あえてそこへ落とし込む祐の気遣いにも驚かされた。

まだなにか言おうとした芙季を定助が止める。祐は、あらかじめ蓬莱まんじゅうの由来と紅白まんじゅうの説明をするために待っていたかのように一通り語ると、さっと宴席から退散した。祐雨子と柴倉もそれに続く。

「ったく、年寄りを走らせるな」

店を飛び出した祐雨子と柴倉の様子があまりにもおかしく、そのうえ多喜次まで戻ってこないので心配になり、店番を都子に頼んで追ってきてくれたらしい。

「まさか南天の花って言うとは思いませんでした」

祐雨子が素直に告げると、祐は「アセビなんて言えるか」と毒づいた。

「柴倉とタキが店内で話してるのが聞こえたんだよ。毒の花はさすがにマズい。似た花を探してもなかなか見つからなくてまいった」

「どうして直接変えるように言わなかったんですか？」

そうすればああして問題視されることもなかっただろう。今回はうまく切り抜けられたが、それは祐が駆けつけてくれたからだ。下手をすると店の信用を落とすばかりか晴れの日を台無しにしてしまう可能性だってあったのだ。

もっとも、今回は結婚式自体がなくなってしまったのだが。

「——先方はわざわざ変更してあの形にしたんだ。なんか覚悟か思い入れがあったんだろ。部外者が口出しするのは野暮ってもんだ」

だから、もしものときのために備えておく。潔くも頼もしい父の言葉だった。

「……俺のライバル、タキだけだと思ったのに」

帰り道、なぜだか柴倉が打ちひしがれていた。


一方その頃、多喜次は広い空港をきょろきょろと見回しながら走っていた。

ギターはケースを入れるとたぶん七キロほど。はじめは気にならなかった重さは走るほど疲労に直結し、足にぶつかって地味に痛い。

「修一さんはチケットもパスポートもないから搭乗口まで行くことはできない。だから別れてもう帰ってるか——もしくは」

保安検査場の入口にいるか。喫茶店や売店にいる可能性も考えていたが、車中でその話をしたら空港の広さをみっちりと叩き込んできた蓮香の母親に否定されたのだ。恋人同士なら、できるだけ長い時間そばにいようとするはずだと。

そして多喜次は、保安検査場に到着すると辺りを見回した。

弾む息を整えながら目をこらした多喜次は、間もなく二人の姿を見つけることができた。奇抜なコートとカバンを持った個性的な服装の女性とどう考えても料理人の組み合わせは、否《いや》が応でも人目を惹いたのである。

「グ、グッジョブ、二人とも！」

多喜次はほっと安堵《あんど》して二人に近づく。そして、二人がただ黙って椅子に腰かけていることに気づいた。修一は璃子に話しかけることさえせず、璃子は彼を見ようともしない。これから別れる二人だ。少なくともそう思ってあの場にいるはずだ。日本とフランスなんて簡単に会える距離ではない。二度と会えない可能性だってあるかもしれないのに。

修一が時計を確認した。時間だ、そう短く声をかけたのが雰囲気だけで伝わってくる。

「頑張れよ」と修一が笑う。「あなたもね」と璃子がうなずいた。

それを見た瞬間、プツンと頭の中でなにかが切れた。肝心なことをなにも言わない璃子に腹が立った。それ以上に、気づこうともしない修一に腹が立った。

多喜次は突進するように二人の前に立った。

「え、多喜次くん⁉　どうしてここに……っていうか、それ俺のギター？」

多喜次は修一を無視して璃子を見た。

「璃子さん、どうしてなにも言わないんですか⁉　逆プロポーズした理由も言わずに別れるなんてずるくないですか？　プロポーズを断られたら、堕《お》ろしてフランスに行くつもりだったんですか？」

感情にまかせた多喜次の言葉に璃子ははっと顔を上げ、修一は当惑する。

「違いますよね。今日捨てたゴミの中に、毛糸も編み棒もなかった」

毛糸はこれから生まれてくる子どものため。そして、それらを捨てなかったことが彼女の〝意志〟だ。

「はじめからその選択肢はなかったはずだ。それなのに――二人のことなのに、どうして一人で全部決めようとするんですか？」

話せばよかったんだ。修一ならなにもかも受け入れて、璃子のために、彼女の最善を選ぶだろう。それなのに――。

「だって」

苛立つ多喜次の耳にか細い声が届く。そのとき多喜次はようやく気がついた。彼女の不機嫌顔は、気分が悪く苛々していたことだけが理由ではなかった事実に。

彼女はずっと、不機嫌な顔の下に不安を隠していたのだ。

「だって、修一にはちゃんとした家があるのよ。お店を守ってきた立派なご両親がいて、老舗の料亭で、慕ってくれる弟もいて、――私なんか、全然ふさわしく、な……」

仮面が剥がれた彼女はとても心細そうだった。修一は璃子の肩を抱き寄せた。

「――バカだな。俺のほうが全然だ。格好いいところ一つも見せられなくてごめんな」

似たもの同士なんだなあ、と、多喜次は苦笑した。だからお互いの弱さに敏感で、遠慮して、お互いの最善を選び間違えてしまったのだろう。

多喜次はギターケースを修一に押しつけ、ポケットから取り出した封筒とパスポート、チケット、携帯電話を渡す。

「た、多喜次くん、これ……!?」

「弟さんからの預かり物です。俺、それを渡しに来ただけなんで。あ、ギターケースって機内持ち込みオーケーでしたっけ？　預けるなら早くしないと搭乗できなくなりますよ。飛行機の中でじっくり話し合ってください」

「だ、だけど、家のほうが……」

「弟さんに任せて平気だと思います。修一さんが帰ってくるまではきっちり守ってくれそうだし。だから、まず璃子さんと話し合ってください。これからのことと、子どものこと」

「……え……？」

ぽかんと口を開け、修一は璃子を見た。躊躇いがちにうなずく彼女に、修一の顔がみるみる赤くなっていく。驚きと興奮。それは間違いなく歓喜の表情だった。

「ほら、荷物預けて！」

多喜次がせかすと、修一は慌てふためき走り出す。

「修一さん！　次の蓬莱まんじゅうは俺が作りますから！」

修一は振り返り、大きく手をふった。


修一と別れた多喜次には、ちょっとした後日談がある。

修一たちを無事送り出した多喜次は、直後に車のキーを預けたままであることを思い出した。そして、スペアキーを持ってきてもらうために店に電話する羽目になったのだ。

いろいろな連絡ミスも含め、祐にこっぴどく叱《しか》られたのは言うまでもない。祐雨子も相当心配してくれたらしく、涙目で注意されてしまった。

「修一さん、今ごろどうしてるのかなあ」

よく晴れた十二月の朝、人生初のエアメールで届いた車の鍵と百合の柄が入った便せんを眺め、多喜次は小さく息をついた。便せんには短く『いろいろありがとう』とつづられていた。あとからネットで検索をかけて知ったのだが、馬が酔う木と書いて『アセビ』と読む毒の花——正確には葉っぱと茎に毒がある——には、「犠牲」「献身」の他に「あなたと二人で旅をしましょう」という花言葉もあるらしい。さらにつけ加えるなら、毒があるので馬は食べないとのことだった。

赤系の百合の花言葉は「虚栄心」。

野々村璃子は、苦しい胸の内とともに未来への希望を蓬莱まんじゅうに託していたのだ。

「きっと、お二人とも元気ですよ」

携帯電話を手にやきもきしていた多喜次に祐雨子がそう声をかけてきた。連絡が来るまで待とうとする多喜次に気づいてくれたのだろう。それが嬉しい。

「祐雨子さん、好きです」

「い、今そういう流れの会話でしたか⁉」

祐雨子が真っ赤になって後ずさった。返答が保留とはいえ、プロポーズまでしているのだから今さら照れる必要もないのに、彼女は動転して離れていこうとする。

「だって、気持ちはちゃんと言葉にしないと伝わらないから」

結婚を目前に控えていた人たちですら、互いがかかえる想いは言葉にしないと伝わらない。だから多喜次は今の気持ちを素直に伝える。

するると、祐雨子は涙目になった。それがたまらなくかわいくてドキドキする。

「で、でも、そういう流れじゃなかったですよね⁉」

「……ムーディーに言えってこと？　祐雨子さん、俺……」

「違います！　そういう意味じゃありません！」

悲鳴まであげて逃げようとする祐雨子が、店内の騒ぎに気づいて様子を見にきた柴倉にぶつかった。よろめく祐雨子をさりげなく支える柴倉が羨ましすぎる。

「柴倉なんて嫌いだ」

「なんでだよ！」

そんな会話をしていたら、携帯電話が鳴ってメールの着信を報《しら》せた。修一からだった。慌てて開くとアドレスがのっている。どうやら動画サイトのものらしい。

動画の再生ボタンを押すと賑やかな街の様子が映し出された。ギターの音とともに聞こえてきたのは修一の歌声だ。人込みの中、璃子が布を切っていく姿が映っている。

「——なにやってるんだ？」

璃子は足踏みミシンで布を縫い合わせていく。どうやら路上で服を作っているらしく、二人の周りには瞬く間に人だかりができた。それは、今までとは違う形の共同パフォーマンス——歌う修一も服を作る璃子も、どちらもとても楽しそうだった。

多喜次はコメント欄を見て「あっ」と声をあげる。大根のかつらむきで作られた繊細な花をアイコンにした『そーちゃん』なる人物から絶賛されていたからだ。

「……こ、これって宗二さん……!?」

「見事なかつらむきだな。おいタキ、そっちの動画」

関連動画に『クッキング・シュウ』なる料理動画もあった。フランスに行ってからアップされたもので、そちらにも『そーちゃん』からコメントが入っていた。どうやら修一はフランスで料理を学び、宗二はそれを歓迎しているらしい。

場所は違っても、彼はまだ料理の世界にいる。彼《か》の国で新しい風を自分の中に取り込んでいるのだ。

「頑張ってるんだな」

料理を愛するミュージシャンは、帰国したらどんな人になっているのだろう。

それを考えると胸が躍《おど》る。

メールが届く。

『見た?』と、そわそわと尋ねてくる修一に、多喜次は満面に笑みを浮かべてうなずくのだった。

第四章

冬に咲く花

1

「メリークリスマス！」

賑《にぎ》やかな居酒屋。紙でできたパーティー用の三角帽子をかぶった女たちがグラスを交わす。高校を卒業してからはじまった月一回の『女子会』という名の集《つど》いは、メンバーが増えたり減ったりしながらも細々と続いていた。本日の『ちょっと早い忘年会を兼ねたクリスマスパーティー』の出席は、祐雨子《ゆうこ》を含めて五名。今までで一番少なかった。

「今日は飲むわよ！　行き遅れで悪いかー!!　仕事楽しいんだ、馬鹿《ばか》野郎ー!!」

名前で損をし続ける女、東西南《とうざいみなみ》はキャリアアップを目指し転職を続ける転職魔。

双葉艶子《ふたばつやこ》は、無職、ギャンブラー、女好き、酒乱、ＤＶと、だめな男にばかりひっかかるダメンズハンター。

「男なんて滅びろー!!　次の恋人は女の子にするぞー!!」

楚川《そがわ》かのこは猫とスイーツがあれば生きていける文系女子。彼女の言うところの〝理想郷〟である書店でバイトをして暮らしている。

「艶子ちゃん、それ本末転倒」

華坂亜麻里《はなさかあまり》はゴージャス美人。二十七にして課長を拝命《はいめい》、三十代で部長になるのではと一目置かれるキャリアウーマン。

「ちょっと、祐雨子！　あんたんとこ、新しい職人入ったってホント⁉　何人⁉　いくつの男⁉　なんで早く教えないのよ⁉」

そして、蘇芳《すおう》祐雨子はマイペースに仕事に打ち込む和菓子屋の看板娘。お酒は飲めないが、女子会にはこまめに参加する。

「高卒で、十九歳の男の子二人です」

「未成年かー。未成年はちょっとなあ」

祐雨子の返答に亜麻里ががっくりと肩を落とす。ジョッキのビールはすでに数口残すのみというハイペースな減り方だ。

「でも、十九なら結婚できるじゃない！　まだきっとスレてないし、これから教育していけば理想のイケメンになるわよ⁉」

「やめなさい、艶子はダメンズにしか燃えないでしょ。下手につきあって、普通の男がだめ男《お》になったらどう責任取る気よ？」

「亜麻里、その言い方ひどくない⁉　あたしが男をだめにしてるみたいじゃない！」

「――そんなに気になるものですか？」

口論をはじめた艶子と亜麻里に祐雨子は首をかしげる。集まる視線に戸惑いつつ、祐雨子は言葉を続けた。

「恋愛とか、結婚とか」

どうしてもその手の話が自分と結びつかない祐雨子はやはり戸惑ってしまうのだ。もちろん過去に好きだった人はいる。だがその人と恋人同士になりたいと願っていたかというとそうでもなく、ただ一方的に想いを寄せることで満足してしまっていた。その人に恋人ができてショックを受けたのに、いまだに他人と深くかかわることがどういうことなのかうまく呑《の》み込めないでいた。

「──とか言って、祐雨子は淀川《よどがわ》が好きだったでしょ？」

「えっ⁉」

亜麻里の言葉に祐雨子が狼狽《うろた》えると、艶子が顔の前で手をひらひらふった。

「淀川⁉　あの鍵オタク⁉　見た目いいけど中身ダメダメじゃん！　デートのとき、彼女放り出して鍵に見とれてるとかあり得ないでしょ⁉」

「ダメンズハンターにまで言われるとかどんだけ……」

亜麻里が引いている。多喜次《たきじ》の兄である淀川嘉文《よしふみ》は、幼少の頃から鍵にしか興味のない男子だった。名うての鍵師《かぎし》である祖母に憧れ鍵に魅了されて育ったので、彼の鍵好きも筋金入りなのだろう。

「淀川くん、確か婚約者がいるよ。女子高生だっけ」

かのこの言葉に亜麻里と艶子が仰天《ぎようてん》した。

「女子高生⁉　騙《だま》されてるんじゃないの、その子⁉」

「やだ、あたし以上のダメンズハンター。若いのにご愁傷様《しゆうしようさま》」

「ま、待ってください、こずえちゃんは高校卒業してます。今度、十九になります！」

なあんだ、と、友人たちはがっかりした顔だ。面白いネタで盛り上がりたかったのに、話の腰を折られてしまったと残念がっている。

「で、ねえ、写真ないの？」

亜麻里に尋ねられて祐雨子はきょとんとする。

「写真？　こずえちゃんの？」

「淀川の婚約者なんて興味ないわよ！　あんたんところの新人！」

「亜麻里のところって目立たないけど上場企業でしょ？　そっちで探せばいいじゃない。職人より収入安定してるし安心だと思うけど」

黙々と食事をしていた南がようやく口を開いた。言っていることがいやに現実的だ。

「亜麻里様、あたしに男紹介してーっ」

「トラブルに巻き込まれたくないからパス。だいたいうちの男どもは頼りないのよ。華坂さんって、全部私に訊《き》くばっかりで……!! 私はね、頼りになる男を探してるの。守ってくれる人でなきゃいやなの！ 私の顔色うかがう男なんてお断りなの！」

南がげそを咥《くわ》えながら同情気味に溜息《ためいき》をつく。

「亜麻里は恋愛に向いてないよねえ」

南はかっちりスーツにショートヘア、化粧はひかえめ。艶子はロングヘア、唇と目を強調した化粧に体のラインを大胆に出したワンピース。かのこはジーンズにセーター、髪をまとめ、化粧は南よりナチュラルだ。亜麻里はふんわりと柔らかな髪を背中の中程まで伸ばし、細身のパンツスーツにヒールを合わせ、できる女といった雰囲気だ。顔立ちが派手で誰もがはっと振り返るが、なんとなく近寄りがたく感じてしまう類《たぐい》の美人である。

「わかる！ 亜麻里は高嶺《たかね》の花って感じだよね」

「艶子まで納得しないでよ！ 言っとくけどそれ褒め言葉じゃないからね⁉」

「美人さんだとモテそうなんですが、そうでもないんですか？」

祐雨子の問いに亜麻里はジョッキを突き上げた。

「生《ビー》大追加《ル》お願いします！」

キリッと注文し、空になったジョッキをテーブルの上に叩きつけるように置いた。

「モテないわよ！　モテてたのは学生の頃まで！　就職したらセクハラ心配してちっとも声かけてくれないし、憂《う》さ晴らしに仕事に打ち込むととんとん拍子に昇進して、次期部長だの社長候補だの噂《うわさ》されて完璧に天上の花よ！　二十五までに結婚したかったのにもう二十七だし！　恋人ちっともできないし‼」

「た、大変だったんですね」

仕事が楽しいから打ち込んでいるのだとばかり思っていた。

「だから職人紹介して〜‼」

肩を摑《つか》まれ揺さぶられ、祐雨子は彼女の勢いに負けて携帯電話を差し出し、和菓子ケーキ『栗《くり》ざんまい』を作ったときに撮った写真を見せる。何枚か写真を撮っていたら、多喜次と柴倉《しばくら》が乱入してきて、和菓子ケーキを持った祐雨子、右側に携帯電話を構えた多喜次が、左側にピースサインで微笑《ほほえ》む柴倉という珍しい構図の一枚ができあがったのだ。調理場の中だから背景には和菓子を作るための道具がたくさん並んでいて、派手ではないけれど特別な空気がただよっている。

「若……‼　十九歳？　えー、あたしは無理無理！　かわいいけど彼氏じゃないわー」

「こっちの茶髪の子とかどう？　顔立ちきれいだし。ほら、指もきれい。一回くらいデートしてもいいんじゃない？　かのこどっちが好み？」

「うーん、今は猫以外興味ない」

多喜次がダメンズハンターに拒否されたのは喜ぶべきことなのかと祐雨子は首をひねる。店で人気の柴倉に関しても、年齢を考えれば妥当《だとう》な評価なのかもしれない。

ふいに、どうもくんとお茶をしたときのことを思い出した。

和菓子が得意でない彼は、それでも一カ月に一回、ふらりとやってきて和菓子とお茶券を買っていく。祐雨子もそれに合わせて休憩をもらうのが定番で、その日も彼と一緒に隣の鍵屋でお茶を楽しんでいた。いつも通り、なんの変哲もないありふれた時間。それが崩れてしまったのは、どうもくんが口にした言葉だった。

『祐雨子さんは、多喜次くんと柴倉くんのどちらを選ぶんですか？』

はじめは意味がわからなかった。店内には祐雨子たち以外にも人がいて、賑やかだったせいで聞き間違えたのだと思った。

『どっちが好きなんですか？』

重ねて問われ、ほんの一瞬、脳裏に誰かの顔が浮かんだ。けれどそれが誰の顔だったのかわからないうちに引き戸が開き、多喜次が華やかな服装の女性を連れて店内に入ってきた。すぐに相手の女性が老舗《しにせ》料亭『まつや』の跡取り息子、恩田修一《おんだしゅういち》の婚約者だとわかったのに、多喜次と視線が合ったとき動揺して顔を伏せてしまった。

彼らはお茶を頼み、熱心に話し合っていた。途中で多喜次が彼女の手を握ったのが見えた。少し、胸の奥がモヤモヤした。いつもなら楽しいどうもくんとのお茶が、その日に限ってちっとも楽しいと思えなかった。

あれからずっとモヤモヤが胸の奥に残っている。

「私もこっちの男の子かな。チャラチャラしてるところも含めてかわいい」

聞こえてきた声に祐雨子ははっとわれに返った。きれいにマニキュアが塗られた指で亜麻里が柴倉を指さした。そのとき、ちょっとほっとした。ほっとした自分に驚いた。

「名前、なんていうの？」

「え、あ、あの、左側の男の子は柴倉豆助《まめすけ》くんといって、『虎屋《とらや》』の跡取り息子の和菓子職人です。若いですがすごく腕がよくて抜群にセンスもいいです」

「豆助？　和菓子職人だから豆助？　ちょっと安易じゃない？」

ズバッと意見してくる亜麻里に祐雨子は曖昧《あいまい》に笑う。豆柴《まめしば》とからかわれたことが彼のコンプレックスだなんて話したら修羅場になりそうだ。

「で、右側は？」

「右側の男の子ですか？　右側の男の子は……」

言葉が喉《のど》に絡む。祐雨子は細く息を吸い込んで声を絞り出した。

「淀川、多喜次くんです」

「淀川⁉　淀川って、あの淀川⁉」

ぎょっとする亜麻里、あからさまに顔をしかめる艶子、興味津々《しんしん》といった顔つきになる南とかのこ——祐雨子は渋々とうなずいた。

「よしくんの弟です。多喜次くんは和菓子職人見習いです」

「パスパス。鍵オタクの弟なんてきっとろくでもないわよ！　柴倉くんのほうが絶対マシ。っていうか、むしろこの子一択でしょ。イケメンだし、身長も高そうだし」

「同感。珍しく亜麻里と意見が合ったわね」

「亜麻里や艶子の肩持つ気はさらさらないんだけど、これじゃ選びようがないよねえ。かのこもそうでしょ？」

「どっちもノーサンキュー‼」

「あんたちょっとは男に興味持ちなさいよ！　ひからびるわよ⁉」

「私は猫とスイーツがあれば生きていけるから」

柴倉を見て、肩幅がどうだ、腕の筋肉がどうだと品評会をはじめる亜麻里と艶子、キャリアアップを目指して頑張っているのでそもそも職人には興味のない南、男そのものに興味がないかのこと、アルコールが回るにつれ話題がどんどんディープになっていく。

祐雨子は三人で写った写真に視線を落とし、複雑な気持ちを溜息に変えるのだった。

2

年末は赤飯《せきはん》とお餅の注文が多くなる。

どちらも正月用だ。元日《がんじつ》は店を閉めているが調理場はフル稼動する。すでにお客様も慣れたもので、予約が着々と埋まっていた。一方でクリスマスツリーをイメージした金粉をちりばめた抹茶《まっちゃ》きんとん『ハッピークリスマス』とつぶらな瞳が愛らしく毎年人気のサンタさんの練り切り『サンタクロース』の他にも苺《いちご》のショートケーキ風の和菓子、チョコレートケーキ風の和菓子が店頭を賑わせている。店頭で限定三十個セットの販売で、別途予約も受付中。クリスマスイブは第四火曜日で和菓子ケーキを作る日でもあったので、当日は怒濤《どとう》の忙しさだった。

そんな中、華坂亜麻里が誰もが振り向くようなナイスバディを強調した服装で来店した。

「来ちゃった」

長い髪を押さえつつ微笑む姿もゴージャスだ。誰？　と、多喜次と柴倉が接客をしながら祐雨子に目で問いかけてくる。祐雨子は当惑しながらも亜麻里に少し待つように頼み接客を続けた。亜麻里は待っているあいだ、物色するような目で多喜次と柴倉を交互に見ていた。そんな亜麻里の姿を見ているとなんだかとても不安になってくる。女子会のとき、亜麻里は多喜次たちに興味を持ったようなそぶりをした。だが祐雨子は冗談だと思っていた。年齢も離れているし、誰からも認められるキャリアを持つ彼女が、若い和菓子職人に本気で興味を持つとは考えていなかったのだ。

あの話は、あの場限りの戯《ざ》れ言《ごと》であったはず――。

「急にごめんね。ブログ見たら今日は営業してるって書いてあるから来ちゃったの」

「そ、そうなんですか。なにか買っていきます?」

「ごめんなさい。今私、ダイエット中なのよ」

すまなさそうに答える亜麻里は、女子会のときとはまるで別人だった。甘えるように鼻にかかった高い声。きっと、会社にいるときとも違う、異性用の顔なのだろう。

そんな彼女が目で訴えかけてきた。紹介しろ、というプレッシャーが重い。

「た、多喜次くん、柴倉くん、彼女は……」

「祐雨子の友人の華坂亜麻里です。この前会ったとき、お店の話を聞いて興味が出ちゃって」

「――祐雨子さんのお友だち? 俺、柴倉です。こっちはタキ」

「いや待て、そんな雑に紹介するなよ。あ、淀川多喜次です」

接客慣れしている柴倉は愛想よく微笑み、多喜次は少し緊張気味に会釈《えしゃく》した。

「柴倉くんと、——多喜次くん、ね」

兄のほうを連想してしまうのか多喜次を名前で呼び、亜麻里は華やかに微笑んだ。

「明日、みんなでどこかに遊びに行かない？」

予想外の問いに、誰もがぽかんと口を開けた。


遊園地や動物園は寒い、水族館は混む、ドライブは車がないので却下、カラオケやゲームセンターは祐雨子が拒否、スポーツレジャーはやはり祐雨子が拒否、ということで安牌《あんぱい》な映画館デートになった。

学生はすでに休みに入り、お正月映画も上映されている。だから当然映画館は大混雑だ。だが、亜麻里がネットで予約を入れ、入場は実にスムーズだった。

——ちなみに、柴倉は映画に興味がなく、はじめは仕事があると断るつもりだった。もちろん映画以外を誘われても心は動かなかっただろう。初対面の女と遊びに行くなんて気を遣うようなことはお断りだ。だから結論は変わらないはずだった。

その考えをひっくり返すことになったのは、午後からなら休んでいいぞと言ってくれた祐《たすく》と、とどめを刺すように響いた多喜次の一言だった。

『え、祐雨子さんと出かけられるの⁉』

柴倉が断ったら、多喜次は間違いなく祐雨子と出かける。祐雨子の友だちと三人なのでデートとは少し違うが、それでも遊びに行くことに変わりない。

だから反射的に『行く』と答えてしまった。

「一人じゃ食べきれないから、柴倉くん手伝って」

映画館の売店でキャラメル味のポップコーンを購入し、亜麻里はにこにこと誘ってくる。まさか多喜次たちまで同じことをしてるんじゃないだろうなと慌てると、彼らは一人一個、しっかりとキープしていた。

「映画館久しぶりー!! チュロスも食べようかな。でも唐揚げも捨てがたい……!!」

柴倉と祐雨子は、映画館で多喜次と亜麻里の二人と合流した。多喜次は学校からここに来るあいだに昼食をとっているはずだ。それなのにまだまだ食べる気でいる。どんな胃袋なんだと柴倉は首をひねった。

「あ、もう中に入ってもいいんですって！」

亜麻里に腕を引かれ、柴倉はよろよろと歩き出す。

「柴倉くん、背が高いのね。何センチ？　っていうか、腕、硬い！　鍛えてるの⁉」

「いえ、これといって鍛えてませんけど。和菓子の材料って、意外と重いんですよね」

「へえ、そうなの？　あ、ごめんなさい、触っちゃって」

　亜麻里が慌てて離れていく。なんだか妙にはしゃいでいるように見える。昨日、店に来たときは落ち着いた雰囲気だったのに、今日は子どもみたいだ。奇妙に思ったが、祐雨子の友人なら邪険にせずつきあったほうが無難と判断し、店で客に接するように愛想よく微笑んだ。すると亜麻里もにっこりと微笑み返してきた。

　今世紀最大の恐怖が上陸！　といううたい文句で封切られたホラー映画は有名監督と実力派俳優による話題の一作で、客の入りも上々だった。上映前に何度かポップコーンを取る手が触れて「ごめんね」と亜麻里に謝罪された。映画はいきなりクライマックスのような展開で、主人公の窮地《きゅうち》からはじまった。多喜次と祐雨子は前のめりだった。多喜次はわかるが、まさか祐雨子までホラー好きだなんて思いもしなかった。あれは絶対に呼吸を忘れてるぞ――なんて思いながら彼女の横顔を盗み見ていたら、途中で息継ぎみたいに肩を揺らしていた。真剣な眼差《まなざ》しにぎゅっと握られた拳《こぶし》、引き結ばれた唇。ここまで熱心に観《み》てもらえたら関係者も満足に違いない。微笑ましく思っていたら、ぐっと腕を摑まれた。慌てて隣を見ると、亜麻里が涙目で震えていた。

「――怖いんですか？」

というかこれは、たぶん苦手という部類だ。昨日満場一致でホラー映画にしたのに、まさか開始五分で音《ね》を上げるとは思わなかった。

「外で待ってます？」

「へ、平気。ちょっと、つ、つかまってて、い、いいかな……!?」

必死な顔で尋ねられ、柴倉は苦笑してポンポンと亜麻里の手を叩く。

亜麻里は映画が終わるまで柴倉の腕を摑んで青くなって震えていた。スクリーンから目を逸《そ》らしていたが、館内が明るくなってもすぐに立ち上がれないほど放心していた。

「――そんなに苦手なら言えばよかったのに」

「ひ、一人だけ苦手なんて言えないでしょ。みんなが盛り上がってるときに」

だからといってわざわざ我慢するのもどうかと思う。手を貸して立たせてやると、多喜次たちが興奮したように話しかけてきた。

「すごかったな！　まさか主人公がはじめからアンデットとか思わなかった！」

「一番最初の感染者だから国から追われてたんですね。終盤の恋人との別れのシーンは圧巻でした」

「あれはずるいよなー」

パニック映画だが、泣かせるシーンも随所《ずいしょ》にあった。それが話題にもなっていた。しかし柴倉は映画に集中できなかった。

「……二人は楽しそうでなにより」

「え、柴倉面白くなかったのか⁉」

驚く多喜次から少し離れた位置で、亜麻里が「ごめんね」と頭を下げる。だから柴倉は「面白かったよ」と答えるにとどめた。

複合型施設は、映画館、ゲームセンター、ショッピングモール、飲食店、さらには動物との触れあい広場に小さな水族館まで加わった巨大な建物だった。クリスマス当日とあって行く先々でクリスマスソングが流れ、クリスマス飾りがキラキラと輝いていた。

「来年はうちも、二十五日までクリスマス用の和菓子出したほうがいいんじゃ……」

しばらく建物内を見て回った多喜次が青い顔で祐雨子に声をかける。

「うちはあんまりそこら辺、厳密じゃないんです。クリスマスイブが定休日なら、予約分はお作りして基本的にはお休みしますし」

多喜次と祐雨子の会話はおおむね色気がない。

「なに見てるの？」

「え、いいえ……華坂さん、そういえば今日は会社じゃなかったんですか？」

多喜次たちから視線をはずして亜麻里に問うと、彼女はうなずいた。

「有給取ったのよ。全然取ってなかったから、少しは使おうと思って。……仲がいいのね、あの二人」

思いがけないことを言い出す亜麻里に、柴倉が内心でぎくりとした。

「――仲がいいように見えます？」

「うん。姉弟みたい」

亜麻里の返答に柴倉は少しほっとする。確かに第三者から見たら姉弟みたいなものだろう。ただ、祐雨子の反応が以前とは微妙に違うのがひっかかる。じっと祐雨子たちを見ていた柴倉は、きょろきょろと辺りを見回していた亜麻里にいきなり手を掴まれた。

ひきずられるようにして移動した先は、巨大なクリスマスツリーの前だった。

「一緒に写真撮りましょ！　ほら、もっと寄って！」

ぐいぐいとくっついてくる。年上の女性はどうしてこんなに強引なのだろう。店でさんざん接客している柴倉は当惑しながらも笑顔を作る。

「あ、祐雨子さん俺たちも！」

はしゃぐ多喜次が祐雨子を誘ってやってきたので、ツーショットを阻止すべく亜麻里とともに乱入した。

「あれ！　でっかいぬいぐるみ！　祐雨子さんほしくない⁉」

みんなで写真を撮ると、多喜次が店に置かれたトナカイを指さした。戸惑ったように小首をかしげる祐雨子が、多喜次から少しだけ距離を置いた。その動きがぎこちない。

それは、注視しなければ気づかないほどの変化。

けれどとても大きな意味を持つ変化でもあった。

胸騒ぎが収まらない。

柴倉が無言で祐雨子を注視していると、亜麻里が店に近づいていった。

「えー、かわいいじゃない！　ねえ柴倉くん、かわいいわよね？」

「──そうですね」

うなずく柴倉の頭に、多喜次は店頭に置かれていたネタグッズをさっとはめた。

「じゃあ柴倉は猫耳カチューシャな！」

猫耳を避け損ねた柴倉は、呑気《のんき》な多喜次にイラッとしてうさ耳カチューシャを取るなり多喜次に襲いかかった。

「だったらタキは、うさ耳な！」

「待て⁉　俺のほうがダメージでかくないか⁉」

猫耳とうさ耳をつけて睨《にら》み合っていたら、祐雨子と亜麻里が笑い声をあげた。祐雨子の意識が多喜次から逸れている。安堵《あんど》した柴倉は、少しだけ前向きに今日の外出を楽しもうという気持ちになった。

もちろん、自分が品定めされているなんて気づきもせずに。


「祐雨子さん、祐雨子さんこっち！　駄菓子屋！」

目を輝かせた多喜次が手招くたびに頭の上のうさ耳がぴこぴこ揺れる。多喜次はどちらかというならやんちゃな感じで、背丈もそれなりに高くなり、肩幅もあるのでものすごいミスマッチだ。周りの人がすれ違いざまに振り向いて二度見どころか三度見するのだが、当の本人は興奮しすぎてギャラリーがまったく目に入っていないようだった。

柴倉は髪の色に似た猫耳で、こちらは女性中心に受けているようで遠巻きにきゃあきゃあ騒がれている。だが、そばに亜麻里がいるとわかると残念そうに去っていくのだ。

亜麻里が柴倉の手をひっぱって店の前で足を止める。

「せっかくだからマフラー買ってあげようか？」

「いいですよ、そんな。……あ、この色なら華坂さんに似合うんじゃない？」

「そう？　似合う？」

「うん、似合う似合う」

亜麻里がマフラーを首にあてると柴倉がうなずく。まるで普通のカップルみたいだ。

「祐雨子さん、あっちに触れあい広場があるって！　……祐雨子さん？」

多喜次の声が聞こえ、耳の上辺りがきゅっと押さえつけられるような感覚があった。慌てて振り返ると、多喜次が祐雨子の視線の先――柴倉たちをじっと見ていた。

「あっちが気になる？」

「そういうわけじゃ……」

柴倉と親しくなろうと熱心にアプローチする亜麻里に一抹《いちまつ》の不安を感じていた祐雨子は、それ以上なにも答えられずにうつむいた。多喜次の手が祐雨子の髪を撫《な》でてからゆっくりと離れていく。真剣な眼差しを向けてくる多喜次に少しドギマギとした。

きつく唇を噛《か》んだそのとき、多喜次が頬《ほお》を赤らめて視線を逸らした。

「やばい、かわいい」

一歩離れた多喜次が口元を押さえるようにしてうめいた。なんのことかと首をかしげたら、頭上でなにかが揺れる気配があった。はっと手を頭にやるとふさふさのなにかが触れる。さっきまで多喜次の頭で揺れていたうさ耳が、今は祐雨子の頭にあったのだ。

「た、多喜次くん、これ！」

「そのままそのまま。祐雨子さん、超かわいい。書道教室休んだかいがあった……!!」

「あ、今日は水曜日……」

「榊《さかき》さんにネチネチ嫌味言われたけど相殺《そうさい》。祐雨子さん、どこに行きたい？」

うさ耳をはずそうとしたら手を掴まれぐいぐいと引かれた。鼓動が跳ねて言葉が出てこない。狼狽えていると、横から柴倉が奪うように祐雨子の手を掴んだ。

「うさぎはいただいた！」

「待てそこの野良猫！」

ぎゃあぎゃあと三人で騒いでいると、亜麻里がおかしそうに笑った。

「ねえ、祐雨子。私、決めたわ」

多喜次と柴倉から解放されたとき、亜麻里がこっそりと耳打ちしてきた。美しい口元が笑みの形に歪《ゆが》む。

「柴倉くん、狙うから」

『つつじ和菓子本舗《わがしほんぽ》』は、元日は店こそ閉めているが配達用の赤飯や和菓子作りに忙しく、本格的な仕事はじめである一月二日はとくに手土産《てみやげ》用の和菓子を買い求めるお客様が多くてんてこ舞いだ。久しぶりに帰る実家に、あるいは帰郷した子どもたちのために、ピンクの餅が透ける様子が美しい『花びら餅』を中心に売れていく。

「あけましておめでとうございます。また来ちゃった」

そんな店に、華坂亜麻里がめかし込んで訪れた。そして、大忙しの店内を見てするするっと店の隅《すみ》に逃げていく。

「和菓子屋ってこんなに繁盛するものなの⁉　うちの会社なんて年末にインフルエンザで休む人が続出して全然機能してなかったのに！」

接客の合間を縫って謝罪する祐雨子に亜麻里は目を白黒させている。

「今は特別です。年始のごあいさつ用に、いろんな方が買っていかれるんです。年末年始にだけ売られる和菓子もありますし」

今、接客しているのは多喜次だった。柴倉は祐とともに調理場で黙々と和菓子をこしらえている。柴倉ができあがった和菓子を持ってやってくると亜麻里が手をふった。

「華坂さん、あけましておめでとうございます。すみません、バタバタしてて」

「う、ううん。大変ね」

残念そうな亜麻里の様子に柴倉は困ったような顔になる。

「この埋め合わせはあとで」

柴倉は和菓子を補充すると再び調理場に戻っていった。

「できる男って素敵……!! かわいいし、格好いいし、働き者って感じでいいわよねっ」

亜麻里が恋する乙女の顔になっている。

引き戸が開き、新しいお客様が入ってくる。そろそろ注文が決まりそうなお客様もいた。

接客に戻らないと多喜次一人ではとても間に合わないだろう。

「今度の日曜日、みんなで初詣《はつもうで》に行かない？ 着物で初詣！」

仕事に戻ろうとする祐雨子は、亜麻里にそう声をかけられて慌てた。

「でも、日曜日は」

「あ、お客様が待ってるわ。じゃあね、祐雨子！ 時間は連絡するから!!」

亜麻里は言うだけ言うと、きびきびと店を出ていってしまった。

「祐雨子さん、ごめん。こっちお願いします！」

多喜次に呼ばれ、祐雨子は亜麻里を追うことをあきらめて接客に戻った。

「この時期でしたらやっぱり花びら餅です。宮中儀式に用いられた鏡餅を模したお菓子で、甘く煮たゴボウは押し鮎《あゆ》に見立てられています。羽二重餅《はぶたえもち》が口の中でとろけますよ」

販売期間が一週間程度とあって、おすすめすると皆がそろって注文してくれる。昼過ぎ、ようやく客足が減って一息ついたとき、亜麻里のことが話題にのぼった。

「今度の日曜日に初詣に行こうって誘われたんです」

「日曜日ってお店あるんじゃ……」

「はい、だからお断りをするつもりです。着物でってお誘いをいただいたんですが……」

「着物⁉　振袖《ふりそで》⁉」

多喜次が思わぬところに食いついてきた。身を乗り出すようにして尋ねられ、祐雨子はこっそりと距離を取る。どうもくんが変なことを訊いてきて以来、まだ多喜次との距離感を掴み切れずに視線が泳いでしまう。

いちいち跳ねてしまう鼓動をなんとかなだめていると、

「俺も見たい、祐雨子さんの振袖」

のれんの下からひょいと顔を出した柴倉が追随《ついずい》してきた。二十代後半という年齢を考慮すると、この機を逃せばそろそろ着づらくなるのが振袖だ。

「でも、日曜日は仕事なので」

迷ったが、祐雨子は素直に返した。すると、柴倉の横から祐が顔を出した。

「行ってくりゃいいだろ。再来週は成人式でまた忙しくなる。友だちと初詣なんて、こんなときくらいしか行けないんだから」

「でも、クリスマスのときもお休みをいただいたのに……」

「誘われるうちが花だ。土産に『大國《おおくに》や』でえくぼ薯蕷《じょうよ》買ってきてくれ」

「わかりました」

子どもの頃に何度か訪れた記憶のある店名——若い頃、祐が働いていた店だ。電車での移動が必須になるが、久しぶりに店主に会えると思うと楽しみになってきた。

そのとき祐雨子は知りもしなかった。

この初詣が、思いもよらない混乱を招くことになるとは。

3

初詣当日、多喜次と柴倉はおおいに盛り上がっていた。

晴れ着の女性がいるというだけで興奮するが、それが好きな相手となるとニヤニヤが止まらなくなる。赤い振袖には牡丹《ぼたん》が咲き、太鼓《たいこ》や鞠《まり》といった華やかな柄が添えられる。つまみ細工の髪飾りも愛らしい。白いファーのショール、ゴールドのバッグと草履《ぞうり》も着物を着た祐雨子を引き立てていた。

「着物って見慣れてたけど、もう全然話にならないな」

「祐雨子さん、写真撮っていい!?　スマホの壁紙にしてもいい!?」

感慨深げな柴倉の隣で多喜次が興奮して携帯電話を構える。祐雨子は赤くなって逃げた。

「やめてください」

「恥じらう姿もいいからぜひ！」

「やめてください――!!」

そんな感じで騒いでいると、藤《ふじ》の花をあしらった総絞《そうしぼ》りの振袖を見事に着こなした亜麻里がやってきた。色っぽく結い上げた髪を飾るのも藤の花だ。金茶《きんちゃ》の帯にそろいのバッグ、シルバーフォックスのファー。普段から華やかなのに、もはや別格という美しさである。

「ごめんなさい、遅くなっちゃった」

「亜麻里ちゃん、美人さんですね……!!」

「祐雨子こそ、その着物よく似合ってる。でも、前もこんな会話しなかった？」

「成人式のときにしたような気がします」

はしゃぐ二人に多喜次と柴倉は目を細めた。

「やばい、まぶしすぎて直視できない」

「タキは免疫《めんえき》なさすぎだ」

「柴倉は平気なのかよ⁉」

顔を突き合わせるようにして多喜次は柴倉と話し合う。電車に乗ると誰もが祐雨子と亜麻里に注目した。車を借りればよかった、そうしたらこんなに見つめられることもなかったのに――なんて小さなことを思ってしまう。

「なんか着物ってピシッとするわね」

亜麻里が笑うと車内の男たちがことごとく見とれ、女は不機嫌顔になる。きれいな人はそれだけで嫉妬《しっと》されるのかと仰天する。しかも、亜麻里を見たあと多喜次たちを見ると、男たちはあからさまに不満げな顔をするのだ。

何度か乗り換えたが、注目度がどんどん上がっていった。

そして、神社に着くとそれが頂点に達した。初詣客は多い。着物の女性もちらほらいる。けれど祐雨子のかわいさと亜麻里の華やかさに敵《かな》う女性はいなかった。

「みんな見てる、みんな見てる。なんかこのまま家までダッシュで帰りたい……!!」

「タキ、心の声がダダ漏れ」

「振袖嬉《うれ》しいけどこれじゃないんだ！　俺が求めてたのは！　いやこれだけど!!」

「落ち着けって」

「嫉妬心がああああ!!」

「じゃあお参り行くぞー」

多喜次が取り乱したぶんだけ柴倉が冷静に先導する。年が明けた一番はじめの休日とあって神社に向かう道は賑わい、建ち並ぶ店も人でいっぱいだった。参道も人が多い。外国の人も珍しそうに写真を撮り、見よう見まねで賽銭《さいせん》を投げている。

多喜次たちは手水舎《ちょうずしゃ》で手と口をすすぎ、鈴を鳴らして賽銭を投げ、二拝二拍手一拝という基本にのっとって参拝する。

祐雨子さんとうまくいきますように、和菓子が作れますように、学校の試験でいい点が取れますように――あ、あとついでに、兄ちゃんたちが無事に結婚できますように。

しっかりとお願いしていたら他の三人はとっくに参拝を終えていた。

あれっと辺りを見回した多喜次は、神社の一部が開放され茶会が催されていることに気づく。少し興味が湧いたものの、みんながおみくじを引きはじめたので慌てて合流した。

念を込めて六角形の箱をふり、出てきた棒に書かれている番号の引き出しから紙を一枚取り出す。そして、固まった。

「大凶なんてはじめて見た」

おみくじに茫然《ぼうぜん》としていると、そんな多喜次を見て柴倉が身震いした。

「……柴倉は？」

「大吉」

「祐雨子さんは!?」

「すみません、末吉です」

「華坂さん‼」

「私は中吉よ」

きれいに手入れされた指と一緒にひらひら揺れるおみくじを見て多喜次は愕然《がくぜん》とする。

「大凶って普通にあり⁉」

「ないと思うけどなあ。っていうか、ほら、それより下がらないからあとはずっと上昇気流だ。よかったな、タキ」

「お前本気で言ってないだろ⁉」

お参りしたことが全部吹き飛んでしまったような気がして涙目で柴倉を睨んでいると、祐雨子が麻紐《あさひも》を渡してある場所を指さした。

「と、とにかくおみくじを結びましょう。ね、多喜次くん」

祐雨子に誘われて移動する。どこに結ぼうかとうろうろしていると、祐雨子と軽くぶつかった。逃げるように離れていく祐雨子に違和感を覚えて声をかけようとしたら、財布におみくじをしまった柴倉たちが移動しはじめ、多喜次は慌てておみくじを結んだ。

神社を出て道沿いに歩きつつ、多喜次はこっそりと祐雨子を盗み見た。

「祐雨子さんも、おみくじショックだった？」

「いえ。多喜次くんほどでは……だ、大丈夫ですよ？　気をつけていれば平気ですから！」

ことんと首をかしげるように励ましてくれる。妙な距離感は気になるものの、祐雨子の仕草がかわいくていろんな疑問が吹き飛んだ。

大凶も悪くないとさえ思えてきた。

「お前単純だな！」

鼻歌を歌い出す多喜次を見て柴倉が呆《あき》れる。

神社の次に向かった『大國や』は、白い文字が刻まれた貫禄《かんろく》のある黒檀《こくたん》の看板と店先に飾られた赤い椿《つばき》が目を惹《ひ》く店だった。その店の前には長蛇《ちょうだ》の列があった。

「なんか混んでるみたいだけど」

「中でお茶が飲めるんです。店頭販売もあるんですけど……以前来たときはこんなに混んでなかったんですが」

祐雨子が柴倉に答えているあいだにも家族連れが列に加わった。いったん離れようとしたとき、和帽子をかぶった年配の男が店から出てきた。彼は手前に座っている一組を店内に案内したあと多喜次たちを見て目を瞬《またた》き、一拍おいて「あっ」と声をあげる。

「祐雨子ちゃんか！　久しぶりだねえ！　お父さん元気？」

笑い皺《じわ》が人のよさをにじませる。祐雨子も嬉しそうに微笑んだ。

「はい。えくぼ薯蕷を頼まれてきたんですけど……お忙しそうですね」

「インフルエンザで店員がみんなやられちまって、てんてこ舞いなんだよ」

まいったと言わんばかりの表情で苦笑いする。時刻は十時半。これからさらに客足が増えるだろう。そうなればますます店が混み合いパニックになる。

多喜次はとっさに祐雨子を見た。彼女もまた多喜次たちを見ていた。

「すみません。私、少しこちらのお店を――」

「俺も手伝います」

祐雨子の言葉に賛同するように多喜次が挙手する。

「ここって祐さんが修業した店ですよね。俺もぜひ手伝わせてください」

柴倉の一言で、祐がえくぼ薯蕷を頼んだのは、修業時代の思い出の品だったからだとわかった。そしてそんな会話を、部外者が一人、ぽつんと立ち尽くして聞いていた。

「華坂さん、すみません。俺たちこれから少しこの店を手伝うので……」

慌てたように柴倉が謝罪すると、亜麻里は長くなっていく列を見てから首を横にふった。

「こんな格好のまま一人で帰るなんていやよ。帰るなら柴倉くんと一緒でなきゃ」

「そんなこと言わずに……」

「だから、私も手伝うわ」

そう宣言し、亜麻里はにっこりと笑った。

昼過ぎにまかない飯《めし》として親子丼が出た。出汁《だし》がよくきいたふわふわの卵に三つ葉が鮮やかな一品だった。

多喜次と柴倉は接客をしつつたまに奥の調理場からできあがった和菓子を運び、華やかな亜麻里はにこにこと接客しては小さな修羅場をいくつも発生させていた。普段から接客している祐雨子はというと、本当に普段通りの応待で『大國や』の主人に「そろそろ上がっていいよ」と言われるまでせっせと働き続けた。

「ありがとう。この時期はいつも混むから手当が入って時給一三〇〇円なんだ。四人で五時間だから二六〇〇〇円ね。交通費までは出してあげられなくてごめんね」

「え、いえ、いただけません！」

祐雨子は差し出された封筒を押し返すが、いやいやと、さらに押し返された。

「臨時収入だと思って受け取ってよ。これで帰りになにかおいしいもの食べていって」

戸惑う祐雨子に、多喜次たちが首を横にふってみせた。困ったときはお互い様――今回はあくまでも助《すけ》っ人《と》であって、金銭を目的に働いたわけではないのだ。

「あの、えくぼ薯蕷を買わせていただければそれだけで！」

「買うだなんて、じゃあせめてもらっていってよ。あ、そうだ、これもどう？」

店主はえくぼ薯蕷を四箱それぞれ紙袋に入れて祐雨子たちに渡すと、店の奥から小さなカードのようなものを持ってきた。『お抹茶券』と印刷され押印がある。

「境内《けいだい》でお茶会をやってるんだ。よかったら寄ってみて。本当はバイトの子たちに渡すつもりだったんだけど、お休みしちゃったからね。あ、お茶会で出してるお菓子、うちが納品したものなんだよ」

その一言で多喜次の目がキラキラと輝きだした。柴倉も和菓子に興味を持ち、なにより慣れない着物と接客ですっかり疲弊《ひへい》してしまった亜麻里を見てしまうと断れない。結局祐雨子は、お礼とともにお抹茶券を四枚受け取って店を出た。

「華坂さん、時間大丈夫？」

「もちろん！」

柴倉の質問に亜麻里が大きくうなずく。四人で参道を戻ると、多喜次が境内の奥を指さした。お抹茶券は二種類あって、安いほうが干菓子《ひがし》、高いほうが上生菓子で、『大國や』で受け取ったのは高いほうのお抹茶券だった。畳の敷かれた会場いっぱいに長机が置かれ、持ってきたお抹茶券によって素早く振り分けられていく。干菓子はすでに机の上に並べてあったが、上生菓子はお抹茶と一緒に配られるシステムになっているらしい。本日が茶会の最終日で、上座では和装のスタッフが忙しそうに抹茶を点《た》てていた。

「な、なんか、ハンドミキサーみたいなものでお抹茶点ててるけど……!?」

「ホントだ。お抹茶って、もっと小さな部屋でシャカシャカやるもんじゃないの？」

驚倒するのは多喜次と亜麻里だ。

「大規模なお茶会ではよく使われますよ。茶席に慣れない人がお手伝いに駆り出されることも多いので」

「機械使ったほうが安定してお茶が点てられるんですよね」

祐雨子の説明に柴倉がうなずく。とはいえ、小さなお茶会に出席したことはあってもこうした大規模なお茶会は祐雨子もあまり経験がない。だからわくわくしてしまう。

多喜次、祐雨子、柴倉、亜麻里の順に奥から着席すると、さっそくお抹茶券と引き換えにお抹茶と和菓子が運ばれた。

「花びら餅だ！」

おおっと多喜次が声をあげる。餅に薄いピンクがふんわりと透けるさまが美しい花びら餅に、会場の至る所から感嘆の声があがっていた。

「花びら餅の正式な名称は御菱葩《おんひしはなびら》といいます。蓬莱《ほうらい》まんじゅうと同じで、京都から広まった和菓子なんですよ」

「京都すげえ」

多喜次が花びら餅を眺めつつ感心している。本来なら主菓子《おもがし》は黒文字《くろもじ》で切ってからいただくのがマナーだが、花びら餅は懐紙《かいし》に包んで口元を隠しながらいただくのが一般的だ。ただ、思い思いにお茶を楽しんでいる会場では食べ方も自由で、小さな子になるとゴボウを引き抜いて食べてみたり、開こうと苦戦したりと賑やかだった。

「おいしい……!!」

一口頬張って亜麻里が吐息をつく。花びら餅は白味噌《みそ》あんがアクセントの風味豊かな一品で、甘く煮たゴボウはさっくりと歯ごたえも軽い。それは、裏千家《うらせんけ》の初釜《はつがま》にもお目見えする新春にふさわしい華やかな上生菓子だった。

「甘いものはひかえてたんだけど、これすごくおいしいわ」

亜麻里は花びら餅をぺろりと平らげ、お抹茶をいただいて実に満足そうだった。

「帰りに買っていきますか?」

多喜次が尋ねると、亜麻里がうなずいた。

「まだ残ってるといいんだけど……和菓子屋さんって本当に忙しいのね。甘く見てたわ」

素直な一言に多喜次と柴倉が笑う。花びら餅の作り方を話していると、二十代から三十代とおぼしき男女四人が祐雨子たちに近づいてきた。四人ともラフな格好だ。初詣にやってきて、お茶会があったからついでに参加したという雰囲気だった。

その四人が、祐雨子たちの前で足を止めた。

「あれー？　課長じゃないですかー？」

まず口を開いたのは先頭に立っていた二十代の男。場違いなほどルーズな服装の彼は、鼻で軽く笑った。

「ホントだ、華坂課長！　すっごい、振袖ですか⁉　あたし、もう恥ずかしくて着られませんよ、振袖なんて！　そんな年齢じゃないしー」

あからさまに嫌味を言ってくるのは二十代の女性。ぽっちゃりとした体型にダウンコートと毛糸のセーターを合わせている。

「一緒にいる子たち、まさか学生じゃないですよね？」

赤くなって押し黙る亜麻里に疑惑の眼差しを向けてくるのは、がっちりとした体型の三十代の男。くすくすと笑っているのは三十代の女子。どうやら彼らは亜麻里が勤めている会社の人間で、亜麻里のことをこころよく思っていないらしい。

眉をひそめた柴倉は、ここで言い返していいものかと考えるように亜麻里を見た。一方の多喜次は呑気にずずっと抹茶をすすっている最中だった。

多喜次は抹茶茶碗を机に戻し、ほっと息をついてから首をかしげる。

「小姑《こじゅうと》みたいなことを言うんですね」

「――やめろ、タキ。小姑って、女が古いって書くんだぞ」

「小さいってついてるからちょっと古いだけだろ。あ、すみません。お姉さんたちが古いなんて言ってませんから。亜麻里さんみたいなきれいな人が振袖着ちゃうと目立つから、やっぱり嫉妬しちゃいますよね」

多喜次がにこやかに攻めてきた。「え、別に」と、返答に窮する女子二人と、まさか部外者から言い返されると思っていなかったらしい男子二人が不機嫌顔になる。

「二十代で課長って、亜麻里さんってかなり出世頭《がしら》なんですね」

絡んできた人たちは間違いなく嫌味を言いに来たのに、多喜次は素直な羨望《せんぼう》の眼差しを亜麻里に向けた。うつむいていた亜麻里が驚いたように顔を上げる。

「媚《こ》び売って出世したんだよ。枕営業だってさんざん言われてるってのに」

忌々《いまいま》しそうに三十代の男が毒づく。ひどい言葉に祐雨子はカッとしたが、先に多喜次が口を開いた。

「会社名を教えてもらえますか？　それから、部署名と、あなたの氏名もお願いします」

「なんだよ、セクハラだって言いたいのかよ？」

「いえ。あなたは自分が正しく評価されていないから腹を立ててるんですよね？」

なにを言い出すんだと言わんばかりに男が眉をひそめて多喜次を見た。多喜次は構わず言葉を続けた。

「だから俺から電話します。御社の社員が不当に評価されてるって不満を言ってたって。あ、今日はお休みだから明日でいいですよね？　直属の上司――せっかくだから社長に直接お伝えしたほうがいいのかな？　じゃあ社長の名前も……」

ポケットをさぐってメモ帳を取り出す多喜次を見て、男の顔に朱が散った。

「やめろ！　よけいなことするな！」

「よけいなことじゃないですよ。こういうことはちゃんと訴えないと。だって、不当な扱いを受けてるんですよね？　公共の場で口にするんだから相当根深いはずです。亜麻里さん、すみません。この人が遠慮してるみたいなんで会社名を――」

「違う！」

多喜次が亜麻里に声をかけると、男が慌てて叫んだ。

「なんだ、違うんですか。じゃあ、お兄さんもしっかり働けばちゃんと評価されるってことですよね。よかった！　ブラック企業じゃなくて!!」

多喜次が胸を撫で下ろす。周りに注目されていることに気づいた女たちは、スタッフが警戒気味に様子をうかがう姿に慌て男の腕を引いた。そして、まだなにか言おうとする彼とともに出口に向かった。

「ちゃんと評価されるようにお仕事頑張ってくださいね！」

多喜次がダメ出しをすると、男の肩がぴくりと揺れた。激しい舌打ちに祐雨子はオロオロするが、多喜次は「ふん」と鼻を鳴らして平然としている。

「陰口《かげぐち》も苛々《いらいら》するけど、正面切って言われるのもやっぱだめだわ。文句言う前にやることあるだろって思って」

「──てっきり、もっとストレートに突っかかっていくと思った」

驚く柴倉に、多喜次はひらひらと手をふった。

「いやさすがに俺もそんなに子どもじゃないから」

多喜次はそう言ってしょっぱい顔になる。そんな多喜次の横顔を、亜麻里は驚きの眼差しで見つめていた。頰が少し紅潮し、薄く開いた唇が笑みの形に変わる。

「すみません、下の名前呼んじゃって。華坂さん、大丈夫でしたか？」

「──うん、大丈夫だった。それから……亜麻里でいいよ。ありがとう、多喜次くん」

謝罪する多喜次に亜麻里はそう声をかける。

笑みを交わす二人を見ていると胸の奥がざわついた。

言葉では言い表せない、とてもいやな気分だった。

第二火曜日は和菓子ケーキの日だ。

今回は『月うさぎ』からのリクエストで苺のミルフィーユである。小麦粉は使えないので、米粉でパイ生地の再現をこころみることになった。食べておいしいのはもちろんのこと、見た目も可能な限り近づける。打ち合わせの相手が先輩でなければ、学校でみんなが相談にのってくれなければ、とても難しい企画だっただろう。

多喜次は自分が恵まれていることに感謝した。

おみくじで大凶を引いたことも、案外と〝強運〟のあらわれなのかもしれない。多喜次は前向きに考えた。

なにより振袖姿の祐雨子がかわいくて、それ以外はどうでもよくなっていた。

櫻庭《さくらば》神社に薄皮まんじゅうを届けたついでに、料亭『まつや』の跡取り息子の挙式のキャンセルに多喜次が一枚噛んでいたことを知った榊からねっとり嫌味を言われ――どうやら単に暇を持てあまして絡みたかっただけのようだったが――多喜次は帰途についた。

駅の前を通りかかると、子どもが集まって騒いでいた。

「おーい、なにやってるんだ?」

「タキ!　チェーンはずれた!!」

よく見たら櫻庭神社の書道教室に通っている子どもたちだ。近寄って自転車を覗《のぞ》き込む。幸い見慣れたママチャリだった。腕まくりし、ギアにチェーンをかみ合わせてゆっくりとペダルを回す。しかしうまくいかない。

「下手くそ!　タキの役立たず!」

「ちょっと待ってろ!　手がかじかんでうまくいかないんだよ!!」

小学生に罵《のの》しられて少し心が折れかける。多喜次はチェーンに顔を近づけ、慎重にかみ合わせてペダルを回した。すると今度はきちんとチェーンがはまった。

「タキすげー!!」

「やるな、タキ!!」

絶賛されて気をよくした多喜次は、笑顔で少年たちを見送った。油で汚れた手を眺めていたら、「はい」とティッシュが差し出された。驚いて顔を上げると華坂亜麻里が立っていた。初詣のときとは打って変わってキャリアウーマン風の彼女は、一つにまとめた髪が妙に色っぽくて、いかにも〝できる女〟という雰囲気だった。

「使って」

「ありがとうございます」

お礼を言ってティッシュをもらい油を丁寧に拭き取る。そのままゴミをポケットに入れた多喜次は、会社員である彼女がここにいることに疑問を抱いてから慌てた。

「もしかして日曜のことでなにかありました⁉　あれ全面的に俺が悪いんで、会社の人になにか言われたら俺に回してください！　あ、電話番号とメール教えておきます‼」

慌てて携帯電話を差し出すと、亜麻里が噴き出した。笑う顔も華やかだ。

「ありがとう、多喜次くんって優しいのね。今日はお礼を言いに来ただけなの」

「──大丈夫だったんですか？」

「ええ、全然平気だったわ。部署も違うし、もともとそんなに度胸のない人たちだから、むしろあのセクハラ発言を告げ口されないかビクビクしてたくらい」

「そっか、よかった」

多喜次は胸を撫で下ろした。

「でも、もしなにかあったら遠慮なく言ってください。ちゃんと責任取ります」

「──ありがとう」

亜麻里の声に少し熱が籠《こ》もった気がして多喜次は小首をかしげた。

彼女は多喜次にするりと近づくとそっと腕を摑んで上目遣いに問いかけてきた。

「日曜のお礼に、少しお茶でもしない？」

妙に親しげな様子に多喜次はドギマギとする。店や学校以外で異性がこんなに近くにいるなんて経験したことがない。だから反応に困る。もしかしたらこれが普通なのか。自分が意識しすぎなのか。動転しながらも、多喜次は首を横にふった。

「え、いいえ、俺今仕事中で……亜麻里さんも仕事中ですよね？」

「今は休憩中。でも確かにあんまりゆっくりはできないわね。じゃあそこの公園で、缶コーヒーでも一杯」

わざわざお礼を言うためだけに来てくれた亜麻里の誘いを無下《むげ》にもできず、多喜次は笑顔でうなずいた。

「――やっと見つけた」

ベンチに腰かける多喜次に缶コーヒーを渡しながら亜麻里がささやく。不思議そうな顔をする多喜次の隣に、彼女はぴたりと寄り添うように腰かけた。

終章 恋は嵐

軽やかにメールの着信音が響いた。

ちょうど客足が途切れたときだった。いつもなら休憩時間にメールを確認するのに、その日に限って祐雨子《ゆうこ》はその内容が妙に気になった。

「亜麻里《あまり》ちゃんから……？」

珍しい、というのが正直な気持ちだった。女子会の前には時間や場所を決めるために頻《ひん》繁《ぱん》に連絡を取り合うが、それ以外は音信が途絶えるのが常だった。日曜日に一緒に初詣《はつもうで》に行ったが、それを理由に連絡が来るなんて今までのことを考えたら不自然に感じてしまう。

胸騒ぎがした。

祐雨子は緊張しながらメールを開く。

『デート中！』

短い文章に写真が添付されていた。互いに缶コーヒーを持っている腕を絡ませるようにして、多喜次《たきじ》と亜麻里が写っていた。多喜次は驚いたように体を傾け、そんな多喜次にくっついて亜麻里が幸せそうに微笑《ほほえ》んでいた。

頭の中が真っ白になった。

驚きに携帯電話を落としかけ、祐雨子は慌てて両手で握り直す。鼓動が妙に速かった。

動揺した彼女はきょろきょろと辺りを見回してこくりとつばを飲み込んだ。

「この写真の場所って、駅の近くにある公園ですよね？」

配達に行った多喜次はまだ戻ってきていない。配達先は櫻庭《さくらば》神社だったから、公園は通り道だ。

けれどそれが、二人が公園にいることの理由にはならない。

「……どうして、多喜次くんと亜麻里ちゃんが……？」

デートだなんて、まるでわざわざ待ち合わせていたような言い回しだ。

祐雨子は返信を打とうと指を滑らせる。

だが、動揺しすぎてどんな言葉を返していいのかわからない。

そのままじっと写真を見ていたら、近づいてきた柴倉《しばくら》がひょいと肩越しに携帯電話を覗《のぞ》き込んできた。

「きゃ!?　し、柴倉くん!?」

ぎょっと祐雨子が肩越しに振り返る。柴倉の表情は険しかった。

「――デートって、どういうこと？」

祐雨子のほうが知りたい。

亜麻里は柴倉に興味を持っていたはずだ。実際に彼女からもそう聞いていた。

それなのに、写真の中の彼女は多喜次と二人きりでいる。デートだと、そんな言葉を添えて祐雨子にメールを送ってきている。

祐雨子は戸惑いながら首を横にふった。

「わかりません。突然亜麻里ちゃんからメールが来て……」

それ以上問い詰められてもどう答えていいかわからず、祐雨子はさりげなく携帯電話を隠そうとした。けれど手首を摑《つか》まれ、動きを封じられてしまった。

手首を摑んでくる柴倉の手にぐっと力がこもる。

「祐雨子さんは、どうしてそんな顔してるんですか？」

「そんな顔って……柴倉くん、は、放してください。一体なにを……」

易々《やすやす》と体を反転させられて祐雨子は狼狽《うろた》える。

今まで親しく接してきた〝男の子〟が知らない人になったみたいな感覚だった。

「柴倉くん……!?」

ゆっくりと近づいてくる柴倉から逃げようにも、彼に手首を摑まれて自由にならない。

とっさに顔を伏せ、ぎゅっと目を閉じる。

間をあけて耳元に熱を感じた。

「俺、本気だから」

ささやく声に祐雨子ははっと顔を上げる。

「ちゃんと口説くから、覚悟して？」

間近で微笑む彼の指が祐雨子の唇にそっと触れる。真っ赤になる祐雨子を見て目を細め、彼はそのまま調理場へと戻っていった。

祐雨子はよろめき、ショーケースにぶつかってずるずると座り込む。

『多喜次くんって素敵ね』

亜麻里からメールが届く。

祐雨子は茫然《ぼうぜん》と携帯電話を見つめた。

出典・参考文献

花言葉―由来　http://hananokotoba.com/

『ＮＨＫ　美の壺　和菓子』編・ＮＨＫ「美の壺」制作班（ＮＨＫ出版）

『ときめく和菓子図鑑』文・高橋マキ　写真・内藤貞保（山と溪谷社）

『やさしく作れる本格和菓子』著・清真知子（世界文化社）

『美しい花言葉・花図鑑―彩りと物語を楽しむ―』著・二宮孝嗣（ナツメ社）

『ＣＨＯＣＯＬＡＴＥ　チョコレートの歴史、カカオ豆の種類、味わい方とそのレシピ
チョコレートを愛するすべての人へ』著・ドム・ラムジー（東京書籍）

※この作品はフィクションです。実在の人物・団体・事件などにはいっさい関係ありません。

集英社オレンジ文庫をお買い上げいただき、ありがとうございます。
ご意見・ご感想をお待ちしております。

● あて先
〒101-8050　東京都千代田区一ツ橋2-5-10
集英社オレンジ文庫編集部 気付
梨沙先生

鍵屋の隣の和菓子屋さん
つつじ和菓子本舗のもろもろ

集英社
オレンジ文庫

2019年4月24日　第1刷発行

著　者　梨沙
発行者　北畠輝幸
発行所　株式会社集英社
〒101-8050東京都千代田区一ツ橋2-5-10
電話【編集部】03-3230-6352
【読者係】03-3230-6080
【販売部】03-3230-6393（書店専用）
印刷所　大日本印刷株式会社

※定価はカバーに表示してあります

ISBN 978-4-08-680246-8 C0193

集英社オレンジ文庫

谷 瑞恵・椹野道流・真堂 樹
梨沙・一穂ミチ

猫だまりの日々

猫小説アンソロジー

失職した男の家に現れた猫、飼っていた
猫に会えるホテル、猫好き歓迎の町で
出会った二人、縁結び神社の縁切り猫、
事故死して猫に転生した男など、全5編。

好評発売中

【電子書籍版も配信中　詳しくはこちら→http://ebooks.shueisha.co.jp/orange/】